男友說我得了憂鬱症

學中文的許小姐　著

高寶書版集團

目錄

CONTENTS

第三章　亞當和夏娃

第四章　跑步與幸福

目錄

CONTENTS

第五章　最終回的說走就走

自序

過去種種拼湊出未來

轉眼間，距離這本書開始在豆瓣網站上連載已經過去八年了。編輯說讓我在這次出版前寫一篇序言，腦海裡盤旋的便都是一路走來所經歷的各種細節。八年來，就像每個人一樣，生活帶給了我諸多的驚喜與驚嚇。但整體來說，我深深感恩所遇到的一切。

寫這本書的日子在記憶中已經變得有些恍惚。那時候我應該非常年輕，是一個痛苦而困惑的年輕人，苦大仇深地想著：為什麼別人的生活充滿鮮花與朝陽，而我卻生活在一片絕望的沼澤之中。現在回想起來，那時的我是那麼可愛，真切地思考著人生中最根本而艱深的問題，並毫不畏懼地將它們一股腦地表達了出來。於是，就有了現在你們看到的這本書。某種程度來說，這大概是獨屬於我的一種年輕而龐克式的表達。

或許是因為對人生低谷期的境況描寫得十分真實，從這個故事發表的那一天起，我便不斷地收到各種讀者回饋。小說最早在豆瓣閱讀上連載，而我至今仍然會收到來自「病友」們的豆郵，他們告訴我，這個小小的故事讓他們在被生活重擊的某段時光裡，覺得自己並不是一個人在面對那些虛無、恐懼、悲傷、茫然。我喜歡收到這樣的來信，我至今仍然相信：只要故事能夠為讀者帶來一絲絲的開心或者安慰，它就是值得的。但這本書所給予我的遠不只這些。畢業之後，因為專業關係，我一直從事著和文學文化相關的工作，而每到一家新公司，我總能在新同事中發現這本書的讀者。這讓我有些受寵若驚，同時讓我驚異於一個故事、一段生活的記錄，是如此奇妙地連結著原本並不相干的人們。這大概是因為人類的本性相通，喜樂與悲哀可以透過文字共用。想到這裡，我又有了小時候最初發現文學的魅力時那種興奮與激動。這個故事就像一粒小小的種子，從一個連載，變成一本書，後來又有影視公司的製片人喜歡，預備將它開發成另一種視覺化的呈現。

作為一個作者，這本處女作帶給我的，已經太多太多。我想，這不是因為我寫得有多好，而是因為故事本身的真實、勇敢、溫暖，如一簇小小的火苗，在你難過的時候，讓你笑中帶淚。它或許不能帶你走出低谷，但它從不指責你、評判你，它只是陪伴著低落的你，把你想說而說不出的，一一展現給你看。也許，你由此而豁然開朗。

八年的時間足夠改變一個人。鍾西西再也不是問題少女，而變成了文藝中年。她和冷小星步入了婚姻的殿堂，可是在婚禮上卻差點成為「落跑新娘」。她做過記者，當過編輯，現在居然可以在一個很大的娛樂文化公司做著管理，帶著團隊。但不變的，是她作為「學中文的許小姐」，對文學理想的熱愛與追求。現在的她，每天上班忙碌之餘，還在不停地搞創作，希望最終能成為一個像曹雪芹和村上春樹那樣的作者，與文學朝夕相守——這大概是另一個故事了，《男友說我得了憂鬱症》的後傳。未來的某一天，也許我會寫下來告訴大家。

最後的最後，我或許該回答那個無數讀者問過我的問題：「這是妳自己的故事嗎？」

我的回答：「是的。」

但它同時也屬於你們每一個人。

學中文的許小姐

二〇二二年九月四日於家中

第一章　爲什麼是憂鬱症

1 我

北京十一月初的某一天，我從一夜不停的稀奇古怪的夢中醒來，矇矇矓矓還沒完全清醒，初冬時分暖氣還沒來的冰冷就撲面而來。除了被子裡還殘存著我的體溫帶來的一點熱氣，整個房子都籠罩在一種陰沉、孤獨、不安的氛圍之中。

我的直覺告訴我，男友已經在我熟睡時上班走了。用我的話說這叫「不告而別」和「離我而去」。他大概怕我又糾纏著不讓他走，所以早早躲開了。一想到這裡，我的小心臟裡就有一股氣「油然而生」。不知為什麼，別人生氣都是氣從肚子裡往腦門衝，我生氣的時候卻覺得是氣在心臟裡攪動不停。

「妳的身體感受總是那麼『與眾不同』，讓人難以理解。」男友曾經這麼評價過我。一直以來，他對我所描述的每天持續出現的各種身體感受除了感到莫名其妙和難以理解，心態上已經很難再有什麼「創新」了。每當我或溫柔，或粗暴，或掩面而泣，或氣若游絲地跟他說「我不舒服」時，他都用一種像見到奇怪動物時的眼神望著我。這有時讓我感覺自己就像是從深山老林貿然闖進都市裡來的「怪物」。

好，就讓我來說說我這個奇特的人吧：

鍾西西，女，二十五歲，北京中關村海淀橋某大學中文系研究生。幾天前被男友宣布得了憂鬱症。

沒錯，我二十五歲了，還沒畢業就得了憂鬱症。

一般而言，人們在十八歲時進入大學，主修讀四年，拿到學士學位時是二十二歲。有人在這個時候轉入社會開始磨練自己，很不幸地，我屬於茫然不知所措，沒有勇氣踏入社會的另一個龐大群體。於是又欣欣然參加研究所保送甄試，繼續躲在校園中當所謂的「學院派」，還一副喜滋滋的嘴臉。實務性的科系，如經濟、管理、法律、新聞之類的，碩士研究生學制一般是兩年，學生拿到碩士學位時二十四歲，尚可意氣風發。很不幸地，我所在的中文系，與哲學、歷史、考古、物理、數學等科系一起，同屬歷史悠久的基礎理論學科，碩士研究生學制一般是三年，正常畢業拿到碩士學位的時候，年齡應該是二十五歲。為什麼我已經二十五歲了還在讀碩士呢？

從上面的邏輯推理來看，肯定是因為我沒能正常畢業……

我的確沒能正常畢業。因為研究生二年級的時候，我懷揣著對歐美國家的憧憬和繼承家族傳統的理想申請了赴歐洲的交換學生。所謂繼承家族傳統，指的是我的家長，從爺爺開始，均在外交事業的前線工作，而身為長孫女的我（由於我爸是他們那一輩家裡唯一的男性，我也就迫不得已成了唯一的「長孫女」），在進入高中之後，就不斷地聽到、看到已經退休的爺爺、奶奶與還在工作的爸爸對親朋好友的孩子留學的稱讚、豔羨，以及轉過頭來對我的憤怒和碎碎唸。碎碎唸，碎碎唸，唸到我耳朵長繭，讓我從理直氣壯地說學中文不必出國，到受到各種美劇「毒害」，覺得其實出去看看也不錯。於是終於在一番折騰之後，我拿到了赴歐洲交換學生的錄取通知書。

總結起來，此前若干年，也就是在六年的學院生涯中，我雖然時常感到百無聊賴、略顯虛無，有時會對生活、對理想產生懷疑，比如：我究竟為什麼每天要讀那麼多講各種理論的書，這和真正的文學、真正的生活有什麼關係？既然解構主義者認為社會中的既定模式和結構都是由「話語」構成的，那麼具體的行動還有什麼意義？我每天做的研究除了對學術圈這少數的幾個人有意義，與其他的大部分人有關係嗎？既然歷史無法被百分之百地還原，那為什麼每個人都還要用自己的方式去還原？不過，在懷疑的同時我還是對日常的生活本身有一種信心，大概是因為生活並沒有在偏離我想像的目標軌道運轉。

我想像的生活是什麼樣的呢？大概是：畢業之後找一份跟文字有關的工作，不愁溫飽；有喜歡的音樂會就去聽聽，有喜歡的講座就去坐坐，夏天的傍晚在路邊小餐館的露天位子上喝喝啤酒、吃吃燒烤，寫寫詩，然後結婚生子，過完大多數人會經歷的平庸的一輩子。每當想到這個結尾，我就惆悵起來。大學期間，我總是十分膽小、十分謹慎。我從不把時間集中地花費到任何事情上面：學術、文學、英語、實習，一切的一切。我怕自己看錯了，徒然浪費光陰；也怕有些東西浸入太深，難免染上各式各樣的思維「積習」，有「走火入魔」的傾向。從某種角度來說，我的這種人生觀並不是沒有道理，但卻是另一種虛度，因為什麼都不深入去做，有時候就等於什麼都沒做，各個方向都走了幾步，然後又回到了原點。

我也很想為生活，特別是為青春找找刺激，找找人生的意義，找找成就感。

所以，當拿到出國的錄取通知書時，我突然有一種塵埃落定的感覺，覺得我這小半輩子終於算是做了一件稍微有點意義的事了。至少是一件「光宗耀祖」的事。我想像著外國自由的空氣，古老而有底蘊的建築，有點實實在在地感覺到生活還不算太糟。為了慶祝我的大功告成，我甚至還報了一個法語班，準備學一門新的語言。那時，我根本預料不到：生活不存在任何既定性，而你想像不到的情節卻接踵而至。

然而，從那時起，一切都起了變化。

現在還清楚地記得，我所經歷的轉折，就是從那時候開始的。
因為就在暑期的法語班上，我認識了我後來的男朋友——冷小星。
一年半之後，他宣布我得了憂鬱症。

2 如果這都不算憂鬱症

冷小星宣布我得了憂鬱症的現場遠比想像中的平淡無奇。沒有太多的歇斯底里。因為最大的歇斯底里已經過去，而小的歇斯底里已經成為常態。

那是一個同樣非常冷的早上，我醒得很早，雖然睡了覺卻渾身疲倦，頭腦昏昏沉沉。肚子無止盡的隱隱難受仍未消失，不停地消耗著我的耐心。我叫醒昨晚剛剛和我吵過架還沒跟我和好的男友，沒好氣地說了一聲「我不舒服」。

冷小星閉著眼睛沒有出聲。

我知道他在裝睡，不想理我，於是狠狠地扭動了幾下自己的身軀。在扭動的過程中，我突然感覺到自己的身上好像布滿了滑溜溜又甩不掉的肉。我從床上跳起來，跑到浴室裡，從鏡子中觀察自己。雖然我早就知道自己已經胖得不成樣子，不過鏡子中的形象仍然震顫了我的心靈：胖大的臉龐，胖大的後背，外加原來自己最痛恨的胖大的大象腿！我走回房間，再次搖動冷小星並問他：「喂，你知道『虎背熊腰』是什麼意思嗎？」

他這次睜開了眼，但仍然沒有回答。

不得已，我只好提示他：「就是說我這樣的。」

我等待著冷小星的反應，希望他能安慰我兩句，他卻像想起來什麼似的問我：「現在幾點了？」

我失望地倒在他身旁，翻了個身，沒有理他。過了一會兒，他自己坐起來，伸了一個懶腰，拿起桌子上的手機看了一眼時間，然後說：「我得走了。」

我知道他這句話是說給我聽的。

每一個清晨，都好像是同一個清晨；每一場戰爭，都好像是同一場戰爭。我和冷小星日復一日地為他上班的事爭吵。我不喜歡他在我還沒起床的時候就走了，我不喜歡他在還沒有跟我說完話的時候就走了，我不喜歡他在我難受不舒服的時候就走了，我不喜歡他在我還沒有吃完早餐的時候就走了。我沒有說出口的是：無論是什麼藉口，其實我就是不喜歡他去上班。因為他走了之後，滿屋子空蕩蕩的，我一個人承受不了。有時我問自己：妳承受不了的是什麼？是寂寞嗎？是孤獨嗎？是身上的難受嗎？是心裡的煩惱嗎？我面對自己的質問，卻不知該如何回答：答案太過複雜，我欲言又止。

都不是，又都是。

一個人在家的時候，我常常會覺得心裡有解不開的結。為碰到的每一件事、每一個人擔憂，想了各式各樣的辦法，卻又覺得這些辦法都是死路，總有這樣那樣的原因讓這些辦法成為不可能。我也常常站在陽台上朝著對面的大樓大聲呼喊：「喂，有人嗎？」結果當然是無人應答。

想到這些我就覺得忍受不了。等我回過神來的時候，冷小星已經穿好衣服、穿好鞋走到門口了。

我幾乎是下意識地跳下床，衝到門口。我沒有看清他是什麼表情，只是抱著他的胳膊不肯放手，一邊抱著一邊哭，眼淚不受控制地紛紛落下。

「妳是不是又不想讓我走了？」

我愣了一下，然後又繼續哭。我不敢回答他的問話，我怕回答了之後，又是爭吵，而爭吵到最後，還不是魚死網破，他還是要走，我還是要繼續承受這一切。

冷小星默默地站了一會兒，就讓我這麼哭著。我聽到他的嘆息聲。

這次他沒有發火。他說：「妳別哭了，我今天不去上班了。」我擦擦眼淚，揚起臉，不敢相信這是真的。我看見冷小星十分平靜，一臉溫柔，不像是騙人，於是漸漸止住了哭聲。

我其實一直不知道那天早上是什麼使冷小星一改平日作風，毫無怨言地陪我待在家裡。那天我們一起做了早餐，又去樓下的院子裡散步，像美好得不能再美好的正常情侶一樣。回到家後，他打開連接著電腦的電視機，陪我看起了《龍貓》。

動畫片中漫長得似乎沒有盡頭的日本鄉村夏日午後的氣息，藉著電視機的螢幕，慢慢滲透過來，我感覺心裡暖洋洋的，也沒有什麼擔憂。好想時間靜止，將生活定格在這幅畫面裡。

「妳為什麼不願意讓我去上班？妳怕什麼嗎？」

看來他和我有同樣的疑問。我搖搖頭，表示不知怎麼回答。

「為什麼不找點自己喜歡的事做呢？」

「我……沒有喜歡做的事……」

冷小星一臉懷疑地看著我：「不會吧，一件喜歡做的事都沒有嗎？」

「嗯。」

「妳不是很喜歡看書嗎？」

「現在看不進去了。」

「那動畫片呢？」

「不想看，覺得很無聊。」

「妳現在不就在看動畫片嗎？」

「那是因為有你陪我，要是我一個人就堅持不下去。」

冷小星對我的回答無可奈何，不過還是進一步問我：「為什麼以前喜歡做的事，現在都沒興趣了？」

「因為我覺得很虛無，什麼都沒有意義。」

「是虛無嗎？」他半是問我，半是問自己。

我點點頭。

冷小星沉默良久，我也沉默良久。「虛無」這個詞，讓我們都說不出話來。

冷小星不甘心，又問我：「那妳為什麼一直哭？」

這次輪到我用懷疑的眼光看他：「哭也不行？」

「不是說不能哭，但總有理由吧。」

對，我為什麼總是哭哭啼啼呢？

嗯，我是有點委屈，因為覺得自己已經很努力在生活，但別人不理解。

「妳是委屈嗎？」

「妳是害怕嗎？」

可能我也有些害怕。我總覺得身體隨時有可能越出可控的範圍，各種疑難雜症的名字充斥在我的腦海裡，不停地飛速旋轉。

「妳是擔心嗎？」

這簡直是廢話……肯定有各式各樣的擔心。光是越來越胖的身材和越來越近的學位論文寫作就夠我糾結一萬次了。更別提還有男友、家人，五花八門的關係纏繞著我，對哪個都得負責，但我現在又沒有能力負責。

浮想聯翩之際，冷小星大喝一聲：「到底是什麼原因讓妳這樣啊？」他大概是問得不耐煩了。他的大吼驚醒了我，但這也讓我大哭起來。

「嗚嗚嗚。」

我一哭，冷小星著急了，趕忙哄我，「妳別哭呀，別哭、別哭呀！」但我一時卻停不下來。

「妳幹嘛哭啊？我……我也沒對妳怎麼樣呀。」

「你是沒對我怎麼樣，但我就是想哭……你老是問我為什麼，但我說不出來，我……我不會表達了。」

「怎麼會不會表達呢？」

「我……我有話說不出。」

「所以妳就哭？」

「嗯。我控制不了，就是想哭。雖然知道哭也沒什麼意義，但除了哭也沒有別的辦法……」

我都不知道自己在講什麼沒有邏輯的話。

冷小星不再說話。我拿起桌子上的面紙，一邊擦眼淚，一邊繼續哭。我抬頭看著他，他的睫毛翻飛，眉頭有點皺，想事情的時候他總是這副表情。

「我想，妳是不是——我覺得妳得了憂鬱症……」

冷小星宣布我得憂鬱症的瞬間，我的腦子「轟」地響了一下。這響聲不是那種因為受刺激產生的反應，而是突然被點醒了什麼事的時候腦中發出的聲音。說是一下子豁然開朗了也不算太誇張。我並沒有心情沉重，也沒有悲傷，反而置身在一種幸福的幻想中，覺得一下子釋放了什麼。那種感覺就好像坐在一個花園裡，滿眼綠色，各式各樣的花開著，四周馨香，微風吹來又吹去，什麼聲音都沒有，好安靜。

我晃了晃腦袋，試圖把這些奇怪的感覺趕跑，看著冷小星睜得大大的眼睛，重新思考他剛才提出的話題。雖然我內心覺得有這個可能性，但還是不想就這麼承認：「不會吧，我怎麼會得了憂鬱症呢？」

「妳睡不好吧？」

「嗯……有時候不太好，有時候還行，只是每天都做好多夢。」

「無節制地哭？」

「……有點。」

「心裡的想法不能表達？」

「因為表達了也沒有任何人能懂啊……不過我有時會自己對自己說……」

「想去戶外參加活動嗎？」

「有時候想，不過出發前又會突然覺得沒意思，然後可能就不去了。」

「妳對自己還有希望嗎？」

我搖搖頭。

「妳覺得世界上沒有任何人懂妳，是嗎？」

「除了迴力球。」

「迴力球？迴力球是誰？」

「是我自己想像的能懂我的小伙伴，他就住在對面的大樓裡，我有時朝著對面的大樓跟他喊話，然後在想像裡回答自己。這樣，才覺得還有人陪著我，懂我。」

我的話把冷小星嗆得半天都沒喘過氣來，之後他板著一副嚴肅的面孔，一字一頓地說出這樣一句話：

「如——果——這——都——不——算——憂——鬱——症，

那——妳——可——能——是——腦——子——進——水——了。」

3 憂鬱症是什麼？

在和冷小星進行完關於我得了憂鬱症的談話之後，我上網查了關於憂鬱症的相關知識。

在豆瓣上我發現了兩篇關於憂鬱症的文章，談得特別好。其中一篇叫〈有些人，他們不快樂〉，看完之後，我差點感動得哭出來。文章中有這麼一段：

「憂鬱症」這個詞，現在常常出現在媒體上，所以人們差不多都同意有憂鬱症這回事。但如果自己身邊有人聲稱他罹患憂鬱症，那麼多半是不容易被接受的。原因很簡單，他們的言行舉止明明和常人無異，怎麼就生病了呢？而且，就算是生病了，能有多嚴重？不就是情緒低落嗎？這樣的想法，也是讓憂鬱症患者和周圍的人交流減少的一個重要原因——他們沒有可以進行展示、博取同情的傷口，也沒有觸目驚心的醫學圖像，甚至沒有高熱的溫度和疼痛的反應。他們看起來如此正常，所以，儘管他們其實是在荒原上日復一日地跋涉，但是因為沒有人看得到，所以沒有人相信，他們其實已經撐不下去了。

這段話真的是很詳盡地描述了憂鬱症患者的感受。我們的文化有兩種精神，一種叫做「吃苦耐勞」，一種叫做「耳聽為虛、眼見為實」，所以大部分人無法理解也很難承認憂鬱的存在，儘管憂鬱被稱作心理上的「感冒」，在很多人身上都存在，但大多數人卻覺得這不是「憂鬱」，只是「心情不太好」、「不太積極」，是一種不能吃苦的表現。而且憂鬱本身沒有絕對準確的檢測手段，因此很多人都無法相信「心情不好」會導致人無法正常生活，更不明白憂鬱人群為何深陷絕望無法自拔。我突然明白為什麼冷小星宣布我得了憂鬱症時，我不僅不難過悲傷，反而會有幸福的幻覺了。至少，我自己的問題被承認了。問題被承認，才會有解決的可能，拖延不決才是最可怕的。

憂鬱的人除了面臨不理解之外，作為人的社會性表現也會出現相應的障礙，主要表現在與他人的交往和溝通之中。一方面，「憂鬱星人」往往很希望自己可以滿足他人的期待，當自己做不到的時候就會感到壓力和內疚，因此有時會刻意減少社交。但另一方面，憂鬱人群屢屢顯得意志消沉，對生活有過多的抱怨，對感情有過分的需求和依賴，這又使得與他們進行溝通和交流的人會對他們的行為和言論感到厭煩，而敏感的「憂鬱星人」很快便會察覺到這種變化，於是與他人接觸的積極作用被中斷。而雙方作用力的最終結果是：「憂鬱星人」以更強勁的方式重新墜入黑暗之中。

如果和「憂鬱星人」在一起，常常會出現這樣的情況：

他們平日不言不語，看起來非常文雅、有風度。每一個「憂鬱星人」身上都存在一個開關，開關的名字不一樣，有的是安全感，有的是言語刺激，有的是愛，有的是恨。但不管這個開關是什麼，它們都指向信任與理解。當「憂鬱星人」因為與他人有共同的話題而看到自己被理解的可能性時，或許會對對方產生初步的信任感，而因為長期缺乏理解，「憂鬱星人」會像洩洪一樣將自己想不通的問題和逃脫不了的困境一股腦地說出來。這常常讓聽者膽顫心驚，因為想不到看上去如此平和的人內心竟然會有如此多的黑暗、矛盾，理也理不清，說也說不明。傾聽者自然敬而遠之，而「憂鬱星人」再一次印證了自己的不被理解，於是更難以信任別人、傾吐心聲，久而久之鬱悶越積越深，也就更難走出來。所以看上去「憂鬱星人」似乎有兩面，外表沉靜的一面和內心洶湧的一面，兩者差距太大，令他們看上去顯得非常分裂。

這一點，用冷小星的話來說叫做「變身」。他說我時好時壞，有的時候突然就「變身」了，大哭大鬧，毫無理智和人性。我說：「呸，你才毫無理智和人性呢。那都是你平時讓我壓抑太久的結果。」

「憂鬱星人」的確善於壓抑自己，將衝突和矛盾內化，他們在生活中總會發現一些沒有解決的衝突、沒能滿足的要求或者是無法忍受的負擔，這些情緒、挫折和伴隨而來對生活失去控制的感覺會讓人覺得很糟。大部分時候，這些情緒能夠被隱忍，被宣洩，被逃避。但有時候，就算努力克制，負面情緒仍會不斷聚集能量，左右奔馳。而此時，最不危險的路徑就是將衝突轉向內在。

沒錯，是「衝突轉向內在」。所以「憂鬱星人」看起來都有些自虐。之所以是這樣，我不得不說，是因為「憂鬱星人」其實是一群善良的人。

沒錯，是善良的人。他們自己受傷卻不願意去傷害他人，唯有將這些「想不通」放在自己心裡。除了善良，「憂鬱星人」還常常是敏銳、理智、富有創造力、不滿足於平庸的人。更重要的是，「憂鬱星人」的內心世界非常簡單：他們相信幸福要靠自己奮鬥，相信只要一切做得正確，世界就會色調明快，結局美滿——好人永遠不會受傷，關鍵時刻總有人伸出援手，黑暗過後就是光明……他們就是這樣一群單純的人。只可惜，這樣的信念體系，在現實當中往往會遭受打擊，無法幫助他們面對現實世界的複雜。

也許你要問：「憂鬱星人」為什麼適應性那麼差？為什麼不懂得把心裡的情緒

發洩出去而是選擇自己隱忍？為什麼什麼事都要想得那麼複雜、那麼累？

在現實中向「憂鬱星人」提出這些問題的人，是否真正了解你所面對的這個「憂鬱星人」呢？你知道「憂鬱星」是一顆什麼樣的星球嗎？

「憂鬱星人」的憂鬱思維習慣常常來自他們童年、少年時期所經歷的痛楚。人與人不盡相同，有些人生來就內心柔軟，無論他們的外表是多麼剛硬冷酷。如果這些內心柔軟的孩子童年時代對愛的需要被一再忽視、一再拒絕，如果父母對他們的態度總是摻雜著否定、輕視、譏諷、冷暴力、不尊重，「憂鬱星人」會憑藉本能，從小就養成隱藏自己委屈和失落的不良習慣，並把這一切帶來的不安感看成是世界的常態。他們渴望父母至親的關注，希望從家人那裡獲得安全感，拚盡全力去迎合父母的期望，凡事都要做到最好，卻常常無法如願。世界在他們看來，從頭到尾是色溫為零的冰冷一片。他們從小就感到自己無法抵禦這種可怕的瞬息萬變，從小就沒有可以完全信任和依靠的人或事物。在開始建立自我之前，自我就已經被抽離。所以「憂鬱星人」無一不是追求完美的人，因為他們從小就養成了去迎合別人期望的習慣；所以「憂鬱星人」無一不是悲觀懦弱的人，因為他們已經看多了無論付出多大努力仍然無法滿足別人的結果。

人都是相信經驗的動物。「憂鬱星人」從小到大的這種經驗，使他們即使在成年之後仍然無法跳脫這種慣性思維。在旁人看來不過是咬咬牙就能撐過去的困難，對他們來說卻是無法跨越的障礙，因為在心裡他們已經為自己增添了無數重擔。

要想改變這種局面，只能重新為「憂鬱星人」建立新的思維習慣。但大多數人沒有這個耐心去改變他人十幾二十年養成的性格。「江山易改，本性難移」，此言得之。更多的人面對「憂鬱星人」的悲觀、糾結，不僅很難產生同情，反而會有新的、不斷產生的對他們的否定。於是「憂鬱星人」的憂鬱思維越加強化，越難更改，註定心裡悲苦，還被別人看成一個不沒事找事就難受的人。

世界上之所以會有憂鬱星這個星球，很大一部分，緣於千千萬萬不懂得如何做父母的父母。若要把「憂鬱星人」變成地球人，如何罵他／她不爭氣都是於事無補。既然我們沒有辦法乘著時光機，回到過去重塑他們的童年，那麼改變他／她的「生存環境」，讓他／她從經驗的層面去相信樂觀的思維方式才是正途。

這篇文章讓我和冷小星嘆為觀止，我們都認為這是一篇無比犀利又精闢的文章。

「覺不覺得這是神作？」

「嗯，真沒想到是這樣的，看來我錯怪妳了。但是我看妳家人也沒有文章裡寫得那麼誇張吧？」

「那是因為你不知道。你又不是不認識他們，好歹可以看出一點端倪吧？」

冷小星想了想，有點遲疑該怎麼回答，最後還是點點頭，說：「好吧……」

我問：「你知道我最喜歡這篇文章的哪個段落嗎？」

「不知道。」

「就是那段說『憂鬱星人』其實是非常善良、富有創造力、充滿純真的人。之所以會性格奇怪，並非完全是由自己造成的那段。」

「妳就不覺得妳喜歡的這段話充滿了濃濃的自戀氣息和推卸責任的假道義？」冷小星反問我。

我狠狠地瞪了他一眼：「哼，你是不會明白的！」

「我怎麼覺得妳剛才凶惡的眼神一點也不像是得了憂鬱症啊？」

「我就是得了憂鬱症了。還有，你現在對我的態度會對我影響非常大。我今天還發現了一篇文章，是寫給憂鬱症家屬的，叫〈寫給憂鬱症患者的家屬〉，我現在要據此對你提出一些要求。」我鄭重其事地拿出此前在白紙上寫好的字，舉起來給冷小星看，上面寫著「寫給憂鬱症患者的家屬」幾個大字。

冷小星看到我寫的字，「噗哧」笑出聲來，我故作鎮靜地說：「你嚴肅點！」

冷小星止住了笑聲。

「第一，你要明白憂鬱症患者，也就是我，可能對很多事情都提不起興趣，在行為上也常常會不在乎別人的感受。這時候，你不能對我生氣，你要提醒你自己：她生病了，不能對自己的行為負責，這不是真實的她。」

「別找藉口……」

「我沒找藉口，你這個人，怎麼不相信科學呢……」我有點生氣。

「好好好，我相信科學。妳生病了，但這都不是真實的妳，好了吧？」

「哼。第二點，不要說我『吃飽了沒事做』，因為對我們憂鬱症患者來說，痛苦是真實存在的，儘管這些痛苦你不能理解。」

冷小星點點頭。

「第三，不要試圖叫我振作和用意志力來對付自己的憂鬱。因為我們憂鬱症患者身不由己，做不到。」

冷小星繼續點頭。

「第四，不要責罵我。因為憂鬱症患者常常自我否定，有罪惡感和內疚感。你的責罵只會雪上加霜，讓我更加絕望。」

冷小星一副沉思的樣子。我問他：「你在聽嗎？」

他說：「我在聽啊。」

我繼續說：「第五，你要比以前更加關心我，應該經常主動邀請我外出參加活動。不過，你不要對結果抱太大希望。」

「什麼意思？」

「意思就是說，你邀請我我最後不一定去，但你還是要繼續邀請我。」

「這也太打擊人的積極性了……」

「最後一點，要鼓勵和監督患者進行治療，不要對我的治療潑冷水，要讓我堅信自己只是暫時病了，一定能好。」說完，我以一種「伙伴，後面的路還很長」的眼神望著冷小星。其實還有一點我沒有跟他說，那就是家屬一定要自己保持樂觀開朗，不要被患者的憂鬱情緒感染。不過我看冷小星根本沒有被憂鬱影響的可能性。

「哦，那以後我每天都跟妳說『妳一定能好』。」冷小星回應我對他的要求。

「你要堅信我能好才可以這麼說，不能敷衍我。」

「我是堅信妳能好啊。」

「那我怎麼樣才能好啊？」

「不知道……」

我嘆了口氣：「你這個人，能不能提出點建設性意見啊？我都得了憂鬱症了，你還不幫忙想想辦法？」

「事情來得太突然，我還沒有什麼準備。但我覺得，首先得搞清楚妳到底是什麼程度的憂鬱症。妳要真是特別嚴重，那得去看醫生、吃藥。」

「看病？吃藥？」我聽到這兩個詞，就想到那些不斷吃藥還總是瘋瘋癲癲的人，有點害怕。「我應該不像是特別嚴重的吧，你看我不是還能正常生活嘛。」

冷小星冷冷地看著我：「妳的正常生活都是建築在我的痛苦之上的。」

我露出一副很不好意思的樣子，並用哀求的眼神望著他。我可不想吃什麼藥，總覺得吃藥不一定能解決根本問題。

「妳到底是什麼程度，問問妳那朋友不就知道了。」

冷小星指的是我的朋友某鉞。

我的朋友某鉞是一個青年詩人，他熱愛詩歌甚於自己的生命。從少年時起他便開始憂鬱，因為宿命般的壓力和偉大的戀愛。他的詩歌中總是充斥著幾個意象：銀河、黑鐵、沉重。後來聽說他休學了一年。在這一年中，他的憂鬱氣息不斷發散，積鬱成疾。他跑到美國加州，每天在加州的陽光下，站在窗前看陽光下的街道上來來往往的行人，青藍色的窗簾映著他蒼白的臉。回憶起那段時光，他說得最多的就是：「我那時真是瘦，瘦得只剩下一把骨頭。」某鉞最受不了的就是自己發福變胖。從加州回來後，他又重新回到學校，開始了一段新的戀愛。人還是原來的人，詩歌還是原來的詩歌，只是談起詩歌時，他總是不時夾雜幾個英文單詞，並且問大家：「你們知道這個單詞吧？」

就是這樣一個朋友。他的憂鬱從來不曾成為他的累贅，反而是他光輝的詩人印記。有一年夏天，他的憂鬱症復發，在北京安定醫院住了一個暑假。開學之後大家一起喝酒，他很自豪地說：「你們有人住過安定醫院嗎？」我們都很禮讓，紛紛說：「沒有沒有，我們哪有去過安定啊。」他一臉得意。

他跟憂鬱症如此親密，打電話給他準沒錯。我撥通了某鉞的電話。

「Hello，好久不見。」我聽到久違的聲音。

「Hi，是呀，好久不見啦。」

「最近怎麼樣？好像最近在學校裡都沒怎麼見到妳。」

「嗯……不太好。我覺得我得了憂鬱症……」

「啊？什麼情況？」

「我感覺特別虛無，什麼都不想做，而且本來要去做的事情也常常會中途放棄。你幫我判斷判斷是不是得了憂鬱症。」

「食欲怎麼樣？」

「沒什麼食欲，但飯可以吃得下去。」

「失眠嗎？」

「不失眠，但幾乎每天都會做夢。」

「妳這樣確實很像是得了憂鬱症。不過妳食欲和睡眠還好的話應該不到特別嚴重的程度。妳每次突然停下手頭正在做的事情時，是有原因的還是沒有原因的？」

「有原因呀。」

「那我覺得妳應該是輕度的憂鬱症。因為像我原來憂鬱症特別嚴重的時候，我經常會沒有原因地突然停下來。比如坐公車的時候，會突然覺得受不了那個環境，就立刻下車。或是上課的時候突然忍受不了，就立刻離開教室。」

「完全沒有原因嗎？身體或心理的不適都沒有嗎？」

「沒有……所以我覺得妳一定是因為特定的原因導致心理憂鬱了。」某鉞補充道。

「嗯，我想是的。那我這種情況需要去吃藥嗎？」

「應該不需要吃藥。當然，如果妳想試試憂鬱藥物能夠取得什麼樣的『療效』，可以嘗試嘗試百憂解[1]，嘿嘿。」某鉞這個時候還跟我開玩笑。

1 百憂解，一種口服型抗憂鬱藥，用來治療憂鬱症和焦慮症。

「不用了吧……謝謝你啦。」

「不客氣，有什麼問題再問我。那拜拜啦。」

「拜拜。」

放下電話，我鬆了一口氣。

電話比想像中來得可靠多了。沒想到某鉞能如此科學客觀地回答我的疑問。我突然覺得，得了憂鬱症的人，其實並不是真的不在乎自己的心理疾病。某鉞平日對自己的調侃也許不過是用一種更能讓人接受的心態和描述去面對他不得不去面對的事。人生當中，總是會有各式各樣的奇遇，你永遠不知道每一個人私底下生活是怎樣的，個人的歡樂與痛苦是怎樣的。每個人都不得不學會把自己打扮得光鮮亮麗，不得不學會調侃自己，不得不學會笑著面對。

我跟冷小星說：「我覺得和某鉞相比，我的憂鬱症也沒那麼可怕，而且至少我有個同伴。」

冷小星說：「不過現在最重要的是要搞清楚妳的憂鬱症究竟是由什麼『特定原因』引起的。」

嗯，是的，他說得對。

4 藍色的催狂魔

幾年前，我還在上大學，有一年冬天，快到聖誕節的時候，我背著很多東西從學校回家。下了地鐵，我直接走進了國貿大廈，從裡面穿過能少走一段大風狂吹的路。

正背著大書包往裡走的時候，忽然聽到有人跟我喊：「Hi, have you ever been to America?」（嘿，妳去過美國嗎？）我下意識地回答：「Yes.」（去過。）以為是有外國人需要幫忙什麼的，抬頭一看卻是個禿頭的大叔。

大叔就說了那一句英文，後面說的全是中文。

「妳去過美國啊？」

我有點摸不著頭腦地「嗯」了一下。

「去美國旅行？」

「啊，不是，我是去開學術會議的。」

「哦，那妳真優秀啊，能到美國去開會，還是開什麼學術會議……」話說到這裡，我還是搞不清楚這大叔究竟要幹什麼！

我剛要開口問他到底有什麼事，卻聽得大叔忽然話鋒一轉，深鎖眉頭道：「不過妳雖然優秀，卻太高傲了，外表看上去冷若冰霜，所以在感情方面會有諸多不順。我說得對不對啊？」我這才明白原來大叔是以看相算命為業的。

我也不禁皺了皺眉頭，想直接告訴大叔我生活幸福、感情美滿的真相，但又想聽聽大叔還有什麼「高論」，這時聽到大叔說道：「人跟人能遇上就是緣分。我姓黃，妳可以叫我黃老師。能見到黃老師不容易，讓黃老師好好跟妳講講妳的命理吧！」

原來是黃大仙。

「我這不是在聽您講嘛。」反正也沒什麼事，我倒想聽聽黃大仙能說出什麼來。

「妳啊，註定這輩子會有不只一次的婚姻，而且感情總是不順。妳愛的人啊，老是不愛妳，愛妳的人啊，妳呢，又都看不上眼……」黃大仙晃著腦袋，一副頗為惋惜的樣子。

我嘟噥了一句：「有這麼慘啊！」

黃大仙繼續說：「妳知道妳為什麼會這樣嗎？」他側著頭跟我說，眉毛不時上挑，似乎要說一個驚天大祕密。

「啊，為什麼？」我也配合他故意裝出一副求知欲很強的樣子。

沒想到黃大仙給出了這樣一個答案：

「妳呀，上輩子是選進宮去的秀女。秀女妳知道嗎？就是伺候皇上的，宮裡的娘娘。所以呀，一般人他哪裡消受得起呀？妳能明白嗎？妳為什麼天生這麼高傲啊？也是因為妳原本就不是一般人哪。」

我半天沒吭聲，一直聽他講。聽說過算命瞎扯的，沒聽說編得這麼有眉有眼有劇情的。我很想說：大叔，您這是要整一齣清宮穿越劇的節奏嗎？不過我終究忍住沒有說。

跟這種人沒必要認真，他也不過是為了賺點飯錢。

果不其然，他講完這段，咽了咽口水，看了看我，說：「妳要是想破解妳這個不順，也不是沒辦法。要不妳請黃老師喝杯茶，我跟妳詳細說說？」大仙對我笑了笑。

黃昏日落，正是吃飯時間，大仙要在國貿一期裡喝茶、算命，這個事情看似十分高雅，其實是赤裸裸地搶錢。話說到這個份上，我無法再陪著他玩，我對他說：「黃老師，真抱歉，我也很想跟您再聊。但是我真的沒有時間，我一家人都等著我回家吃飯呢。」言外之意，我並不孤獨、寂寞，並非他的目標。

黃大仙也識趣，趕緊說：「哦，那不耽誤妳了。這樣吧，我給妳手機號碼。妳還有什麼問題，可以約我聊。」

我匆匆看了一眼他的手機號碼，假裝記在手機上。轉身要走的一剎那，一個問題湧上心頭。我回頭對著黃大仙嫣然一笑，問道：「黃老師，不知道您上輩子是什麼樣的人物呢？」

大仙愣了愣，停了半晌，回答我：「我乃一出世俠士，隱居於終南山中，不問世事。」

這又開始整上了武俠劇的套路……

「哦，我還以為像黃老師這麼厲害的人，早已經超脫六道輪迴，逍遙於法外了呢。」

大仙聞言終於無言以對。

走出國貿，冷風夾著細小的雪花迎面吹來。掛著亮閃閃彩燈的巨型聖誕樹矗立在大廈的門口，樹頂用紅色的燈拼出「Merry Christmas」（聖誕快樂）的字樣。

我很想跟黃大仙說：「您講的那些情情色色，都不是『愛』。『愛』怎麼能是這樣的呢？」

愛這種東西，有時候你講不清楚。《牡丹亭》裡講杜麗娘「情不知所起，一往而深，生者可以死，死可以生」。是說愛情不知道什麼時候會來，到你發現的時候，往往已經一往情深、不能自拔，甚至活著可以為情而死，死了又可以為情而生。什麼叫「一往情深」？納蘭性德說：「一往情深深幾許？深山夕照深秋雨。」這種感覺像是深谷中傍晚的夕陽和冷落的秋雨，非常清冷又讓人心隱隱作痛。愛可以讓人生，可以讓人死，可以讓人欲生欲死。這聽起來很誇張，但古人的話常常是很有道理的。

不得不承認，我的病就是因為「愛」而得的。

關於愛情的畫面，每個人都有自己的想像。想像這種東西，往往是很可怕的，這其中又以從小建立起的那種幻想為最甚。很不幸地，作為一個「憂鬱星人」，我從小對愛情的嚮往也充滿了神祕黑暗的本色。

小時候，我和所有的女孩一樣，對將來的另一半有著自己的幻想：他瘦瘦高高，眼睛很大，表情卻是冷的；他外表冷酷卻有著溫和的內心，聰明成熟卻一心一意呵護著我。在我心中，他披著黑色的斗篷，是冷酷星球的王子。只是我沒有想到，現實當中真的會遇到這樣一個人，而且他的名字還叫冷小星……

遇到冷小星之前，我從來都不相信「一見鍾情」，對一個陌生人產生好感對我來說根本是不可能的，因為我是那種會怕生、對改變需要適應很久的人，所以在剛開始看到冷小星的時候我並沒有特殊的感覺。而且我之所以會這樣，還有一個原因就是冷小星那時總是和一個同性朋友形影不離……

冷小星和L君是我法語班的同班同學。L君是冷小星以前的同事，當然當時我不知道他們是同事，而且他們倆看起來真是親密無間……冷小星每一天都遲到，L君卻是我們班來得最早的人之一。L君永遠早早就用書本幫冷小星占好座位等著他來，L君和冷小星是永遠的partners（練習伙伴），L君和冷小星放學一起走，甚至連上廁所都一起去。兩個男生天天黏在一起不免讓人略感娘娘腔，所以一開始，我對冷小星沒動任何其他的腦筋，直到有一天冷小星對我露出了異樣的微笑。

我們上法語班的地方有個公用廚房，工作人員和上課的學生可以自己帶便當放在冰箱裡。我一向就是艱苦樸素的好學生，所以每天帶便當。

有天中午我去廚房冰箱裡拿便當。打開冰箱的門時，我突然覺得似乎有人在盯著我。目光並不熾熱，卻一直在那裡。那人就在冰箱門另一側不遠處站著。我深吸了一口氣，假裝什麼都不知道似的拿出自己的便當，關上冰箱門。然後在轉身要走開的瞬間假裝剛剛看到這個人，我一轉頭，發現是冷小星。

他正站在廚房的門口，靠著另一面牆。看樣子正在等上洗手間的L君，但顯然之前他一直站在那裡注視著我。他看見我轉頭，就對我微笑。他瘦瘦的，穿著淡藍色的麻質短袖襯衫，眉毛很粗，五官清晰，眼神裡帶著濃重的說不清的黑暗氣息，但他的微笑卻那麼隨意。他有一種獨特的氣質，從他的身體中一點一點散發出來。世界對他而言，似乎是異常簡單的。他看起來既躊躇滿志又毫無所謂、玩世不恭。他的眼神裡似乎有一種難以言喻的東西。他很羞澀靦腆，但又彷彿洞悉一切。我也對他笑了笑，隨即拿著便當走到公共廚房深處的桌椅旁坐下吃飯。

就是這個微笑，讓我的心突然揪了一下。我用餘光掃視冷小星站的方向，感覺他籠罩在一片淺淺的藍色光暈中。我倒吸一口氣，懷疑自己產生了錯覺，晃晃腦袋再看，那裡什麼人都沒有。他已經離開了。

後來我跟冷小星說到他對我微笑的時候，他一點印象都沒有了。他不知道他這個微笑改變了許多東西：不光改變了當初我對他的印象，甚至改變了我原來的整個生活。冷小星問過我愛他什麼，我想了又想。他的性格傲慢自負，跟我沒有共同話題，喜歡吃的東西不一樣，不懂禮貌，不會說「我愛妳」，價值觀嚴重不同。他什麼都不好，卻是我從小到大一直想要得到的那個人。

第一次跟冷小星接吻，是在一個深夜的湖邊。秋風蕭瑟，我穿著及膝的連身裙，冷得有點發抖。我說很冷，他用手握住我的手。我笑了笑：「我說的不是氣溫，而是心。」他說：「以後都不會冷了。」我小心翼翼地靠到他的身上，對他的話、他的人半信半疑。但我感覺他的身體很溫暖，很想靠緊，卻感覺他有點閃避。我抬頭看看他，問他能不能抱我，因為現在氣溫也降下來了。他很生疏地抱著我。湖邊吹過一陣風，我貼著他的胸口。然後我們接吻，吻得很陌生。我的心怦怦跳，感覺有什麼東西錯了，不對勁，但同時又無法集中精力想清楚，自己的意志力好像慢慢被吸走了，整個人又冷又暈。過了一會兒，我睜開眼睛看著他，他還是一副特別正經的表情。我問他：「你看過《哈利波特》嗎？」他點點頭，說：「妳別告訴我妳覺得我像哈利．波特。」我說：「不是，你不是像哈利，你是像催狂魔，藍色的催狂魔，專門吸人的靈魂。」他一頭霧水：「為什麼這麼說？」我搖搖頭，不願回答他，還想鑽到他懷裡，他卻還是扭扭捏捏。我有點生氣，冷冷地說：「你這麼不願意抱我？」冷小星解釋說：「有點不好意思……」我嘆了一口氣，唉，愛了一個那麼不成熟的人有什麼辦法？天氣這麼涼，還在這裡不好意思，冷得我牙根打顫，從身體冷到心。

就這麼哆哆嗦嗦待到夜裡三點多，我們終於各自回家。我身體都被凍僵了，蓋著被子還是打哆嗦，一夜都沒睡著，第二天起來就發覺腰和腹部不舒服。不是痛，也不是痠，而是從深處感覺到的一種虛弱的難受感。從那時候起到現在，這種不舒服一直伴隨著我，成了我的身病與心病。

回憶到這裡，我對冷小星說：「我這怪病，是因為愛你而得的。」

冷小星趕緊回答：「妳別誣陷人，妳這明明是身體不舒服。」

「不是，當初你吻我的時候我就覺得不對勁，脊梁骨涼颼颼的。」

「那妳這是撞邪了？」

我沒有撞邪，應該是那個晚上被寒氣入侵才生了病，但那天晚上冷小星各種冷冷的舉動無形之中也對我產生了影響。人只有在身與心同時受到衝擊的時候才會釀成錯誤，種下病根。

我抬起頭，望著窗外。夜已經漸漸深了，霧氣籠罩著街邊零星的霓虹燈。我想起過往種種，想起為了追求這段愛情所付出和拋棄的種種。有時候很難說一段感情、一種追求是對還是錯。我自己當然知道我的憂鬱和心病不只是因為身上的不舒服，但身體的不適恐怕仍然是最主要的原因。人在年輕、身體無礙時永遠想像不到病痛的羈絆會有如此大的影響。它讓我們失去最基本的信心和生活的愉悅，讓我們的感情一下子變得空虛，讓一切都成了無謂的浮雲。現在的我，無可奈何，唯有先治好眼前這深深切切的病。

我看著正在用手機看漫畫的冷小星，突然大喊：「我要泡腳！」一切就從泡腳開始吧。

第二章　心疾與身疾

1 打著遊戲跑醫院

冷小星曾經推薦我一款叫做「樂克樂克」的遊戲，是在遊戲機裡玩的那種。遊戲的開始會有各種顏色的小球在不同的場景裡滾動，你要一邊移動一邊吃掉紅色的大花，還要避免被吃小球的怪物吃掉。小球會越變越大，場景裡也充滿各種機關。這款遊戲屬於天然呆萌風格，不僅小球畫得可愛無比，配樂也溫馨歡樂，是我玩過最讓人愛不釋手的治癒系遊戲。我這樣一個不喜歡遊戲的人，玩了樂克樂克兩分鐘之後也迅速被吸引。從此以後，走路也玩，睡覺前也玩，吃完飯想睡覺時也玩，坐車時也玩。因為這款遊戲，我坐公車不知坐過站多少次。很多次一抬頭，就發現自己已經到了一個完全陌生的地方。冷小星對我的癡迷無可奈何，每次我回家比預期時間晚了，他總不懷好意地問我：「今天又玩遊戲了吧？」我也不回答他，坐到床上繼續玩。

只可惜，遊戲機是老舊型號。有一天充電之後突然開不了機「與世長辭」了。冷小星弄了半天也只能眼見著它「撒手人寰」。那段時間，遊戲雖然玩不了了，我和冷小星還是經常突然唱起遊戲裡傻呼呼的歌，還一邊唱一邊做遊戲裡小人的動作，路人看見肯定覺得我們兩個腦子裡進水了。那款遊戲，我已經快要破關了。

冷小星說遊戲破關的時候，人會有一種昇華之後飄飄然的感覺。我不相信，認為應該會有沒遊戲能玩了的失望感才對。可惜我最終沒能體會破關之後到底是什麼感覺，是痛苦還是欣喜，全然不知。人生經常如此，你一關一關地闖過去，以為最終無論是什麼，總會有個結果，但進程卻戛然而止。就像被扔到不知道是哪裡的高速公路，令人茫然不知所措。

想著這些的時候，我正坐在醫院的走廊上等著護士叫號。護士穿著白色長袍，外面套著醫院發的繫扣深藍色毛衣，她走到診間門口，叫道：「六十五號！六十五號在不在？」遠處有個中年女人抱著手裡的圍巾和帽子趕緊跑過來，跟護士點點頭：「有，我是六十五號。」護士說：「進來吧。」中年女人進了診間，護士隨手又把門關上了。

我跟冷小星說：「哎，你算算，這剛下午兩點，就叫到六十五號了。五點才下班，一天得看多少個病人啊，還不得看個百八十個的！」

冷小星點點頭，沒有回應。

我看了一眼他的手機，他又在玩酷跑了，玩得正起勁，操縱著遊戲裡的小人忽上忽下，躲過很多障礙物。我玩不了這個。

「冷小星！」我喊了他一聲。

「嗯？」他頭也不抬回了一聲。

「冷小星！」我又喊了一聲。

他按了一下暫停，看了看我，說：「怎麼了？」

我問：「你剛才聽見我說話了嗎？」

「聽見了，一句也沒漏掉。」

「那我剛才說了什麼？」

「妳叫我的名字。」

「再往前呢？」

「再往前……」冷小星不停眨眼，拚命回想，「再往前妳好像也在叫我的名字。」

「再往前呢？」我對冷小星一點期望都沒有了。

這次他「嗯啊」了半天，也沒想起再往前我說的是什麼。再往前，他正在遊戲裡瘋狂地跑啊跑呢。

在別人瘋狂地往前跑的時候，我卻因為莫名其妙地生病停下來，看著身邊的人一個一個跑過去，咻的一下不見了，我卻只能反反覆覆地在充滿消毒水味道的走廊裡等待著。掛號、看診、檢查、繳費、拿藥……周而復始。

要說清楚我的病到底是怎麼回事很難，我唯一知道的是：我在和冷小星第一次接吻的時候身體感受到了異常，似乎受到了以前沒有經歷過的寒冷，從那時候開始，腰腹部便開始有了強烈的不適感。也就是從那時候開始，我開始擔心、焦慮，有時會睡不著，夜夜做夢，身體越加虛弱不敢出門，不能獨處必須有人陪，每天沒完沒了地纏著冷小星不讓他去上班，常常哭泣。我說不清楚到底是那天晚上心理先產生了奇異的感覺身體才生了病，還是身體先生了病，後面情緒才憂鬱起來。但無論如何，冷小星和我都認為我的憂鬱與身體的不舒服有千絲萬縷的關聯，應該先解決這個問題，但沒有想到這個問題如此棘手。

這已經是我去的第九家醫院的第五個科別。這次的科別叫「理療科」，來看病的，都是老爺爺老奶奶，來做復健或者來電療的。我坐在他們之中顯得「格格不入」，有時候會有老奶奶跟我聊天，問我哪裡不舒服呀，我說腰有點痛。老奶奶就感慨，這麼年輕的小姑娘腰就不好啦。我對她笑笑，不知道說什麼才好。在來理療科之前，我在外科做了核磁共振和鋇劑灌腸攝影，因為什麼都查不出來，外科的醫生只好把我「發配」到這裡來了。

這次的醫生看了我的各種檢查報告，也沒看出什麼名堂。她懷疑我是骨頭有些錯位，壓迫了神經。她教了我幾個糾正骨位的動作，要我回家每天做，並開給我一個星期的紅外線治療的單子。替我看病的是理療科的主任，是個戴著眼鏡、文文靜靜的中年女人，對病人非常有耐心和責任感。

她說：「妳都來好幾次了，也沒查出什麼問題來。這次如果妳做了紅外線治療和每天教妳的動作還沒有好轉，那妳可能身體就沒什麼問題，妳就再回家觀察吧。」

我一聽心裡一涼，這次是要把我徹底「發配」回家啊！

我急忙央求她不要放棄我：「顧醫生，但我還是明顯感到不舒服，您不是也幫我摸了，您的手輕輕一放在我難受的地方，我就受不了。」

「嗯，妳不要著急。有時候某些病不一定馬上能檢測出來，所以妳要回家觀察一段時間。現在沒查出什麼至少說明妳的身體目前沒有什麼大毛病，妳不用那麼擔心。」

「我還寧願查出什麼問題來，查出來才好治，查不出來，一點辦法都沒有。」

顧醫生看了看我，從眼鏡下面露出笑意，用一種彷彿是對幼稚小童說話的口吻勸慰我：「妳啊！查不出來妳應該高興，說明沒有病。真要查出來什麼問題，妳才要擔心呢。」

我望了望眼前的顧醫生，她說的話我已經在前前後後十幾個醫生那裡聽過了：我的檢查沒有問題，我沒有病，也許是別的可能性，但到底是什麼，誰也說不準……

我拿著繳費的單子走出了診間。一屁股坐在椅子上，在那裡發愣。

冷小星走過來看看我，問我：「又發傻啦？」

我有點癡傻地看著他，握住他的手，問他：「為什麼什麼都查不出來？我到底是什麼病？」

冷小星把我的手推開，鄙夷地說：「妳又要發神經是不是？都說過啦，妳這是『神經官能症』。」

我討厭「神經官能症」這個詞！

什麼是神經官能症？

從西醫的角度來講，局部神經功能性失調叫做「神經官能症」。但這只不過是一種說法。我想，「神經官能症」對那些在醫院裡當醫生的人來說，真正的解釋是：那些用儀器檢測不出問題的病，都歸在「神經官能症」上就行了。

要問我是怎麼知道的，很簡單，冷小星的父母就是西醫醫院裡的醫生。一個是血液檢驗科的主任，一個是腦科的醫生。他們曾經用一個實例向我說明過「神經官能症」的概念：

冷小星的媽媽有個朋友，有一年夏天不知道為什麼耳朵裡進了一隻小飛蟲，後來費了半天功夫，小飛蟲終於被弄出來，家人以為沒事了，誰知道，從此以後，這個中年婦女天天吵鬧，說耳朵裡仍有小蟲叫喚，吵得她睡不著覺，頭暈耳鳴不能承受。家人聽她這麼說，也怕小蟲沒有清理乾淨，只好又帶著她到醫院去做檢查。可是醫生卻並未從她的耳朵中發現任何異常。

女人不相信自己的耳朵沒有問題，要家人帶她到其他醫院去做檢查。但是一家一家醫院查下來，沒有任何一個醫生看到她耳朵裡有其他東西。家人漸漸覺得女人是小題大作，或許是聽錯了別的聲音也未可知，還有親戚覺得她是神經出了一些問題。只有女人堅稱她確實聽見耳朵裡有鳴叫聲，要繼續去別的醫院，甚至提出要做手術來檢查。她的家人感到束手無策，越來越相信女人的神經或者腦子出了問題，於是把她送到冷小星媽媽這裡，希望正好是腦科醫生的她能幫忙勸勸這個女人。

冷小星的媽媽說，見面的時候，這個朋友的眼睛裡布滿了血絲，一臉憔悴，想說什麼又沒有開口。冷小星的媽媽對她說：「妳的耳朵裡沒有蟲子，那麼多醫生都用儀器檢測過了，妳怎麼就是不信呢？」女人聽到這話，眼眶都紅了，還掙扎著說：「但我就是總會聽見耳朵裡有嗡嗡的叫聲。」冷小星的媽媽立刻打斷了她的哭訴，說道：「妳那是神經官能症，是聽覺神經局部失調了。」女人頭一次聽說這個名詞，以為終於找到了病因，趕緊問：「那怎麼治？」冷小星的媽媽給出的答案是：「這種毛病不是什麼大問題，儀器也檢測不出來究竟是哪個細微的神經失調了，但是妳不去關注它，它自己過一段時間就會好。」

女人聽到這話陷入了沉思，幾次抬起頭似乎想說什麼，但終究沒有說出來。腦袋終於垂下去，似乎屈服於這個看似專業的術語和解釋了。

後來女人的家人把她帶走，女人再也沒有吵著要去醫院。她家人為此還特別來感謝冷小星的媽媽，冷媽媽到現在談起這件事都還一臉自豪。

我問：「那個女人後來怎麼樣了？」

「後來我就常常去她家找她一起做家事打發時間。」冷小星的媽媽回答道。

「那她後來還覺得耳朵裡有蟲子叫嗎？」

「嗯，她有時還是會說她覺得耳朵裡有蟲子叫。」

「那她這樣怎麼睡覺？」

「她什麼時候睏了能睡著就趕緊睡一會兒。其實很多失眠的人都是這樣不規律地睡覺的。」冷小星的媽媽一副揭示出真理的樣子說著這番話。

我很同情這個女人。我相信她確實聽到耳朵裡有異常的聲音，才會一而再再而三地要去醫院查出原因。我相信那個聲音不是她臆造的，可能不是蟲子，但一定是她的身體出現了問題，否則長時間失眠帶來的強大睡意不可能讓她睡不著。她的不幸在於，她的家人和朋友不相信她的話，反而相信冰冷的機器。

在宇宙中，萬事萬物都必有因果。不存在只有結果而沒有原因的道理。如果你覺得一件事情莫名其妙、毫無原因可言，那只可能是原因沒有顯現出來。可惜的是，很多人看不到原因就以為是沒有原因。殊不知，宇宙之中被隱藏起來的東西數不勝數。

而如今，我也陷入了與這個女人一樣的困境。腹部右側輕輕一碰就會異常難受的不適感如此明顯，卻無論如何也查不出原因來。身體無時無刻不處在一種神祕的緊張當中，每一點細微的變化都會引起我的注意，因為不知道這預兆著什麼。如果用一場戰爭做比喻，恰如敵人在暗處，我在明處。出拳相擊，卻似打在軟塌塌的海綿上，無處使力，連敵人的身形、大小、技能都全然不知。唯有一驚一乍，草木皆兵。

而最慘的還不是這些。

最慘的是：我沒有幫手，只有一個相信「神經官能症」的男友！

此刻，他正瞪著他的大眼睛望著我，對我說：「喂，妳還好吧？說實話吧，妳心裡到底有什麼解不開的結，讓妳老是這樣神經緊張。喂，鍾西西，妳不要這麼誇張，relax，妳嘗試 relax 一下。」

我用鄙視而空洞的眼神看了他一眼，轉頭望向剛剛離開的醫院。醫院在北京濃郁的霧靄中顯得如此朦朧迷離，散發著白色沒有味道的氣息。在我的意識當中，整棟建築物似乎離我越來越遠，越來越看不清晰。我手裡拿著已經寫了一半多頁碼的病歷本，手上提著我的核磁共振片子。我知道一扇大門剛剛已經轟然關閉了，這扇大門上面寫著「西方先進醫學」，第二行字卻是「此路不通」。

我悵然若失地站在醫院門口熙熙攘攘的街道上，身旁站著同樣默然不語的冷小星。他雖然不知道我正在思索什麼，卻仍然把手搭在我的肩頭。街上人來人往，不遠處有幾家壽衣店生意正好。每一天都有人來，每一天也都有人走。我站著的地方不是一個好地方，站在這裡，人很難有好心情。

不得不說，我感覺到自己沉入到一種深層的絕望之中。

2 天地陰陽之氣

以前沒生病的時候，我最喜歡北京的春天。外面柳絮一飄，緊接著天氣就熱起來了。這個時候玩心特別大，總想四處走走逛逛。小時候，每到春天就騎著兒童腳踏車和同學瘋玩一頓，踩著車到國貿後面的大斜坡上，「呼」地一下衝下去，風拂過臉頰，好爽。後來長大了，就改成到各種胡同裡的故居、小店探訪，再吃一頓小吃。總之，春天是閒不住的。

但今年不一樣了。從立春開始，我就天天窩在家裡，什麼也不做，望著窗外發呆。自從醫生們把我遣送回家之後，我便一直在無力地等待著什麼。

冷小星問：「妳等的是什麼呀？」

我回答：「命運！」

冷小星無言以對。

眾親友們看到我這副樣子都覺得很無奈，也有打電話來的，也有拚了命要來「慰問」的，都被我一一攔下。

冷小星問：「妳怎麼不讓他們來呀？」

我回答：「沒勁！」

冷小星對我說話的簡練嘆為觀止。

其實是因為我的這個病，其他人沒經歷過，很難講得清楚。我不接電話也大概能猜得出他們要講什麼，無非是：「醫生既然沒查出來什麼，那就是沒事。」再不然就是：「妳要振作！」也許還有：「沒有身體疾病，那就是心理作用。要放鬆，別想那麼多。」

不想溝通——失去了溝通的興趣，也失去了溝通的必要。因為我既無法清楚地描述出身體異樣的感覺，也無法證明我的生理機能確實有問題。誰能相信我呢？

最後，我奶奶打來一通電話，我想了想，不能不接，就接了。一接電話，奶奶溫吞吞、慢悠悠、像棉花糖一樣的聲音便從電話另一端飄來：「妳怎麼啦？聽說妳心情不好，還難受不舒服？跟奶奶說說妳哪裡不好受呀？」

以前好幾次生病都是奶奶照顧我的。每次一生病，我就住到奶奶家去。有一年夏天，我突然拉肚子，什麼都不敢吃，夜裡經常因為胃痛驚醒。我跑到奶奶房間裡，不敢叫醒她和爺爺，就站在那裡摸著肚子喘大氣。過了一會兒，奶奶悠悠轉醒，看到我站在那裡，趕緊問我怎麼了，還埋怨我不叫醒她。奶奶陪我到我睡覺的房間，躺在我身邊陪我。我說我睡不著，奶奶就用她的肉肉手撫著我的額頭，一下一下，讓我安靜下來，一邊還說：「放鬆，睡覺，放鬆，睡覺。」一直到天轉亮，我才終於睡著。那年奶奶已經八十多歲了。

所以一聽到奶奶的聲音，我立刻就不能自已了，眼淚和鼻涕「唰唰唰」地往下落。我帶著哭腔說：「奶奶，我不行了，醫生都對我的病沒辦法。我現在就剩下等死了。」

奶奶說：「唔，別亂說。人哪有那麼容易死啊。醫生怎麼說的呀？」

「醫生都不知道我的病是怎麼回事，什麼都查不出來。我不舒服的感覺特別明顯，但就是什麼都查不到！」

「唉！那醫生怎麼就查不出來呢？現在的醫生也真是的，病都治不好。妳說妳各種檢查也都做了，怎麼還是查不出來呢？」

「嗯……」

奶奶說：「妳別著急啊，著急也沒有用啊。西醫不行，要不我們試試中醫吧？」

「西醫都不行，中醫能行嗎？」

「唉，奶奶也不太懂。要不妳今天回奶奶家來？妳姑姑認識個學中醫的小醫生，說這小醫生蠻神的。今晚要來家裡替我看看病，妳也來讓她看看，聽聽她怎麼說？」

「是什麼人呀？」

「聽說是在協和醫科大學學西醫的，學到一半自修中醫了。對中醫頗有研究的。」

我不知道這個醫生是否可靠，但抱著「死馬當活馬醫」的心態覺得不妨試試。掛電話之前我追問了一句：「奶奶，您哪裡不舒服啊？」

「我還是老毛病，就是頭痛胸悶。」

我想想自己，又想想奶奶。自己沒讓奶奶享過一天清福，如今我們雙雙病倒，只能看著對方乾著急。我也想像其他人一樣，正常畢業、正常工作，然後讓自己的家人開心快樂，但我現在卻失去了這樣的能力。我想我還是得想辦法讓自己好起來。

我就是在這樣的狀況下偶然地認識了小徐醫生。

在想像中，中醫怎麼也應該是具有古典氣質的溫婉女性吧，但小徐醫生完全是新新人類。初春時節，天氣還未完全轉暖，她腳踏一雙雪靴，穿著毛呢短大衣姍姍來遲。一進門便解釋：「抱歉，今天醫院有點事來晚了。不過我說過來就一定會來，看病必須親眼見到病人。」

之前，姑姑跟我們說過這位小徐醫生，說她雖然年紀不大，卻是個很有想法的女孩。果然名不虛傳。她雖然長得小、穿得潮，但仔細一瞧，一招一式一點也不馬虎。進門之後什麼都沒說，直接幫我奶奶把脈。把了有五分多鐘，這期間我們誰都不敢說話。把脈完畢，我奶奶拉著小徐醫生的手開始訴苦，說自己有多麼難受，每天都胸悶氣短，頭痛欲裂，昏昏沉沉。我爺爺嫌奶奶囉唆，又沒說到重點，直接插話道：「那個北京醫院的心內科專家啊，說她是心臟有房顫。」他自己其實也不明白房顫到底是怎麼回事，最後又加了一句：「小徐啊，這個房顫究竟是怎麼一種病啊？我一直沒搞清楚。」

只見小徐醫生玉手一揮，說：「中醫不講房顫。我呢，雖然就讀西醫博士學位，但現在從醫理上是完全信服中醫的，我只能從中醫的角度跟您說說奶奶的病。」說這話時聲音如玉珠落盤、俐落乾脆，連我爺爺這種見過「大場面」的人也被她的氣勢鎮住，趕緊虛心請教。

小徐醫生緩緩往沙發上一靠，一面繼續握著奶奶的手，一面講起來：「奶奶的這個病，中醫上來講，我認為是胸痺。『痺』是病字頭的『痺』，也就是『麻痺』的『痺』。是什麼意思呢？相當於胸部被封閉起來了，氣血不流通，所以會痛、會難受。它的這種不通不見得是實質性的不通，並不是西醫說的脂肪堵在血管裡了，更像是氣的鬱結不化。『氣為血帥』，氣不行而血滯。」

「妳的意思是我奶奶沒有心臟病？」

「『心臟病』這種說法本來就是西醫的概念，在中醫這裡我們只講病因，不講表象。西醫把心臟不舒服的病、心臟各種指標不正常的病都叫『心臟病』。但在中醫的理念裡，每一個心臟病的病因和病理都是不同的，光看表面的指標無法知道本質的原因。」

「這不就是透過表象看本質嗎？」以前上高中學馬克思主義哲學的時候每每講

到「透過現象看本質」就用中醫做例子，當時隨心一記，沒想到派上用場了。

「可以這麼說。有的人心臟不好真的是心臟出了問題，但有的人呢可能是胃不好導致的，有的人可能是脊椎、骨頭錯位壓迫了心臟。這種毛病要是一味按照心臟病來治，根本沒治到病根上。」

「哦，西醫是不是『頭痛醫頭，腳痛醫腳』？」嘿，高中學的那點知識全用在這裡了！

「沒錯。我舉個例子吧，這樣可能會更具體一點。有一種菌叫胃幽門螺旋桿菌，西醫認為如果人的胃裡有幽門螺旋桿菌，那麼這個人很有可能有潛在的胃炎，甚至是胃癌。西醫為什麼會這麼認為呢？有個很搞笑的故事：有個叫Marshall（馬歇爾）的醫生為了證明幽門螺旋桿菌與胃病的關係，自己喝了一整罐幽門螺旋桿菌的培養液，然後他果然得了胃病。於是他宣布幽門螺旋桿菌就是造成胃病的元凶。世人都認為這個外國醫生很英勇，有大無畏的精神，但實際上，這個醫生只是證明了胃病與幽門螺旋桿菌之間的關係，在現實生活中不可能有人會自己喝下一整罐幽門螺旋桿菌，那麼那些人胃裡的菌是怎麼來的呢？這醫生把自己的胃都弄壞了也沒能解決這個根本問題。」

說到這裡，小徐醫生抬起頭看看我們，問：「我這麼說你們能聽懂嗎？」

爺爺奶奶點點頭。奶奶有點不好意思地說：「雖然不能完全聽懂，但是大概的道理能明白。」

小徐醫生很滿意，繼續往下講：「西醫認為是病因的幽門螺旋桿菌在中醫看來只是一種表象。幽門螺旋桿菌要生長，需要外在環境滿足它的生長條件，比如溫度、濕度。體內有幽門螺旋桿菌的人，他們的胃環境與一般的人很不一樣。中醫去解決的是為什麼他體內的環境與常人不同，為什麼一家人天天吃一樣的飯，別人都沒有幽門螺旋桿菌就他有。造成這個環境的原因每個人都不見得完全一樣，透過找到根本原因，中醫改變的是這個人胃部的整體環境，使胃裡的菌自然滅亡。與此相反，西醫的辦法則是直接用抗生素把幽門螺旋桿菌殺光，殊不知不改變整體環境，這種菌還是會長出來，而且在殺幽門螺旋桿菌的同時，許多對人體有益的菌也一併被殺光了，這使得環境條件越加惡化。這個例子就很能說明中醫與西醫治病原理的不同了。」

我聽了之後如夢初醒，覺得小徐醫生說的這個道理非常正確。

我們家是典型的醫盲家庭，家裡沒人懂醫理，生病了就是吃藥、打針、靜脈注射。從小我爸就跟我說：治病要用西醫治，用中醫鞏固。這意思無非是說治病主要還得靠西醫，中醫可有可無，只能替人家西醫做做收尾工作。如今看來根本就不是那麼回事！

小徐醫生替我奶奶看完病又過來替我把脈，手一搭上來便驚呼：「妳的脈好弦！」聽她這麼說我很疑惑，脈鹹？她又沒有嘗過怎麼知道我的脈是鹹的而不是甜的呢？幸好她接著解釋道：「脈弦，是說脈搏手感又澀又尖，是肝鬱的典型脈相。妳肝鬱非常嚴重。」

「什麼叫肝鬱？」

「肝氣鬱結而不得生發。因此肝火鬱在其中，妳應該很容易發脾氣。我說得對嗎？」

「對對對，我除了容易發脾氣，還憂鬱，覺得做什麼都沒意思，有時候覺得很絕望。」

「肝鬱的人當然會憂鬱。氣憋在身體裡能不憂鬱嗎？妳的脾也虛弱，心氣不足。這會導致妳做什麼都覺得累，沒情緒。妳食欲應該不是太好吧？」

「沒有食欲，就是很勉強地把飯吃下去，完全不覺得餓。」

「會不會容易哭？」

「會。」

「腎水也不足。」

「哦。」

小徐醫生每一項都說得很準，切中我的要害。聽來聽去，我覺得自己沒一個地方是好的。

「那請問我的憂鬱是不是身體有問題造成的？只要把身上的病治好，憂鬱自然也就消失了？」

「身疾與心疾的關係非常複雜。肝氣鬱結當然會導致人的憂鬱，但是妳一開始生病的時候一定也是心情不好才會影響肝氣的條達，兩者其實是互相作用的。所以妳現在一方面要透過藥物來調理妳的肝氣，另一方面也需要妳有舒暢的心情來配合。中醫講人生病與外因和內因都是有關係的。所謂外因就是『六淫』，即風、寒、暑、濕、燥、火，而所謂內因就是情志的變化。很多時候內因對人身體的影響更大。妳想想當時生病的時候除了受寒，是不是情緒也有問題？」

的確，我當時心裡有無法解開的結，惶惶不可終日。

「那麼如果用藥物調理，再加上心情平和，是不是我還有治好的希望呢？」

「從原理上講是這樣的。不過一定要對症下藥才行。其實要想保持身體健康也沒那麼難，只要順應天地陰陽之氣就可以。」

「什麼意思？」

「就是說天地運行其實是有它自己的規律的，人要遵循這種規律而生活。如果行為違反了這種規律，就會對身體產生不良影響。比如太陽早上升起，晚上落下，人也應該日出而作、日落而息。人體的十二條經絡每天各有當令的時段，按照這些時間分配，人應該做不同的事情。早上吃飯最合適的時間是六～七點，中午則是十二點左右，晚上則是七～八點。常年不吃早餐傷脾，常年不在晚上十一點之前睡覺，傷肝傷腎。其實最好的上床時間是晚上九點，但現在很多人下班晚，那時候才剛剛吃完晚餐沒多久，所以現代人身體好的沒幾個。心情要開朗，生活要看開，別太計較小事，要保持一顆寧靜的心。」

聽小徐醫生說完，我心裡羞愧到不行。上學的時候，每晚熬夜看書，沒在十二點前睡過，幾乎長達十年之久。睡得晚，起得自然也晚，常常一睜眼已經九、十點了，身體沒力氣，懶得走下五層樓去買早餐，於是就不吃了。長此以往，脾胃自然就不好了，一到秋天總是胃痛。更別提小徐醫生說的心安。

自從跟冷小星在一起以後，一方面因為自己身體上的病總查不出個所以然來，不免焦慮；另一方面，冷小星是一個破壞安全感的「天才」。有些男生就是這樣的，對你來說他就像是絕緣體一樣，什麼「熱情」、「溫柔」一碰到他的表面，就聽「嗞嗞」兩聲，全都沒了，不產生任何反應。他不向你傳遞或提供任何的溫暖感，讓你覺得有你沒你對他來說好像沒什麼區別。表面上呆呆木木的，看不出他裡面包裹的是什麼東西。和這樣的人待在一起，成天心裡七上八下，終日掛念他，無法休息。

難怪我會成長為這樣一個古怪的人！身邊的環境如此惡劣，再加上自己在養生上太不上進，哪裡抵擋得了深夜湖邊的寒風？小徐醫生說「心神不守、元氣不足則外邪長驅直入，染病而不自知」，意思是說自己的心思不安寧，身體天生的元氣平時不好好養護而導致不充足，其他會讓你生病的病邪就會不受阻擋地進入體內，在不知不覺的時候就已經染上了疾病。這太符合我的情況了。

從家出來送小徐醫生去地鐵站的路上，我問她有沒有把握治好我和奶奶的病。

「當然沒有了。」小徐醫生倒是回答得乾脆俐落……

「我學中醫才學了多長時間啊？別說是妳奶奶，這麼大歲數的人身上不是一個地方有毛病，病因夾雜，而且身體恢復得慢。就是妳這麼年輕，身體恢復得快，妳的症狀也有可能是多種原因造成的。我覺得妳的病根本原因是腎水不足、腎氣虛寒，但我不能保證我的判斷一定那麼準確，畢竟我的臨床經驗還沒有那麼充足。」

「徐姐姐，我好不容易碰上妳這麼一個說得我心服口服的醫生，要是妳也治不了我的病，那我該怎麼辦啊？」

「妳別著急啊，」小徐醫生拍拍我的肩，「妳別看我說得頭頭是道，其實這都是中醫的基本理論。真要講臨床經驗，比我高明的大有人在，人家有的是從小就學中醫，練童子功的，我跟人家無法比。只要妳明白中醫的道理，一方面找到真正高明的醫生，一方面自己調理，妳的病總會慢慢好的，千萬急不得。」

小徐醫生的樣子像是我的好姐妹在跟我分享人生祕笈一樣。我對她說的一知半解，懵懵懂懂地點點頭。

人的心與神寄居在我們的體內，像個神靈一般，是我們軀體生命的所在。這個心神如果不安定，就會導致我們的整個身體出現失調。同樣地，如果我們沒有把這個軀殼養護好，讓它出了問題，心神住在裡面又怎麼會住得舒服？住得不舒服它當然會鬱鬱寡歡，有些人難免憂鬱起來。人的心與身恐怕就是這麼一種無法剝離開來、相依相存的關係。我活了二十多年，如今才明白了這麼一個簡單的道理。

小徐醫生後來的確沒能把我的病治好，不過經由她的開導，我的生活還是出現了不小的轉機：在關上一扇門之後又重新打開了一扇窗。

3 生與死

小徐醫生其實是個神人。

八年前她從江蘇那個叫連雲港的地方，以最好的成績考上了北京協和醫科大學臨床專業學碩博連讀。三年之前她因為自己身體的問題第一次接觸到真正的中醫，發現相對於她所學的條理化的西醫而言，中醫雖然看似摻雜了太多的想像力，但的確是更加博大精深的學問。在調理好自己的身體後，小徐醫生花了一大筆錢拜了一個中醫為師求學。我問她：「妳家怎麼有那麼多錢讓妳學中醫？」她斜著眼看我：「錢是我自己想辦法生出來的。」

好傢伙，一個大學還沒畢業的學生竟然能自己生出將近十萬塊人民幣，估計當時也是傾盡所有了吧。

「妳不覺得這價格有點貴？」

「這價格還貴？遠的不說，學好了中醫能把自己和家人的身體調理好，還不值這個價？」口氣好大。

小徐醫生這麼有本事，說話又總是語不驚人死不休，卻早早結了婚。每次和她見面之後，她翩翩瀟灑、溫柔敦厚的老公總是開著一輛雪亮亮的白色轎車來接她，我也總能搭個順風車。小徐醫生見到自己老公就像變了一個人，溫柔地噓寒問暖：「你吃飯了嗎？」、「今天做了什麼？」、「有沒有很累？」兩人完全像是騙人的偶像劇裡你儂我儂的年輕夫婦，夫唱婦隨，美好得不像是人間發生的事。

我問小徐醫生：「妳怎麼見了老公就跟換了一個人一樣？」

小徐醫生回答：「在妳經歷許多事情之後，就會懂得珍惜日常。」

「說得好像妳歷盡滄桑一樣……妳有什麼煩惱？如今也要畢業了，妳這倒好，拿著西醫的博士，又拜了中醫的師父，估計妳可以成為中西醫結合界的神人。」

「我早說過了，中醫、西醫根本無法結合。我畢業之後要先出國進修一年，然後去西苑醫院坐診，當正正經經的中醫師。」

「西苑醫院是哪裡？我怎麼從沒聽說過。」

「在北京的西北角，跟寬街的北京中醫醫院、東直門中醫醫院、廣安門中醫醫院並稱為北京四大中醫醫院，妳竟然沒聽說過？」小徐醫生一副驚詫的樣子。

「恕我孤陋寡聞。可是妳走之後，誰來為我治病？」

「反正我的藥妳吃了也沒感覺。治病這件事，有時候也要講緣分的，病人信任醫生，醫生再辨證施治得當，有時候就能藥到病除，一兩服藥下去就能好轉。妳就是太擔心妳的病了，對醫生不夠信任。我跟妳說，全中國就北京和廣州的中醫師最多。北京那麼多好的中醫師，還怕找不到能把妳看好的人？真不知道妳到底在擔心什麼。」

小徐醫生搖搖頭，一副不理解我執迷不悟的樣子，轉身上了自己家的小白車。白色小車一掉頭，像是一隻銀色狐狸，發出一點聲音，噴出一些煙霧，然後矯捷地往前一躍，瞬間消失在深夜的東三環。

不久之後，小徐醫生提前做完畢業答辯隨先生遠赴歐洲進修。

我仍然留在這個城市。春天過得那麼快，白玉蘭開滿一樹的時候，我還是沒有找到預想的那個能治好我的病的人。

我像是著了魔一般，每日在家泡各種中醫論壇，四處尋找可靠的中醫師。早上起來吃過早餐就開始看各種中醫帖子，中午匆匆訂個外送，匆匆吃完，然後又繼續開找。我的搜尋關鍵字無非是「好醫生推薦」、「北京好醫生推薦」、「好醫院推薦」，等到查出某個醫院或醫生的名字，再詳細搜尋。

網路上眾說紛紜：有的人說老醫生好，有的人說老醫生不一定好，年輕的醫生反而更認真可靠；有的人說老牌中醫醫院好，有的人說高手都在民間；有的人說北京中醫藥大學的國醫堂好，有的人說西邊白雲觀裡有個醫術高超的老道士；有的人說火神派以毒攻毒見效快，有的人說傷寒派穩扎穩打才是王道……

有時，我也會去看其中一些大家都推薦的醫生。我看過每一個月來北京出診一次的山西民間醫生，他替我看病的時候教了我一種腹部按摩法叫「八卦推」；

我起個大早到中醫醫院掛專家門診，結果才五分鐘就把我打發出來了，開的藥我也沒吃；我冒著風雪去針灸醫院扎過針，扎的時候針感艱澀，我又不敢動，難受得我嗷嗷直哭；我看過藥房裡坐診的醫生每次不僅開藥給我，還教育我要養成運動習慣，每週至少跑步三次，推薦我看一本叫做《與神對話》的書……

我終於明白小徐醫生跟我說的「治病要看緣分」的意思。這形形色色的醫生看下來，有的我去了一次就不再去了，有的我連續喝了幾個月的藥，但無一例外的是，到最後都沒能讓我的不舒服有所好轉，我的身體對這些藥仍然無感。我不知道是醫生們醫術不夠好，還是我自己像小徐醫生說的那樣，太不信任這些醫生了。

我的身體越來越胖，臉腫得像變了一個人。日出日落，我每天面對電腦上的各種帖子出神。

我發信給小徐醫生：

為什麼中醫這也好那也好，卻沒人能治好我的病？

為什麼？

我坐在黑暗中的床上，整個屋子只有電腦的螢幕保護程式一閃一閃地亮著一點光。窗外的霓虹燈已經亮起，夜幕低垂的北京天空有一種灰藍色的沉默。我聽見冷小星回來的聲音；我聽見鑰匙插入鎖孔轉動了兩下，轉錯了方向，又朝另外的方向轉，一圈，兩圈，門應聲而開；我聽見冷小星開了客廳的燈，放下書包；我聽見他坐到鞋櫃旁的凳子上，把皮鞋脫掉；我聽見他開廁所的燈；我聽見他穿著拖鞋走進去轉開水龍頭用水沖腳。

然後他走進我的房間。我知道他知道我在家。

他打開我房間的燈，看著我混亂的小書桌。桌子上面蒙著淡淡的一層灰，雜亂地擺放著毫不相干的東西：手機、髮夾、護膚產品、病歷本、護照、眼鏡、艾灸條、《新周刊》雜誌、加了熱水的果汁、列印好的論文、身分證影本、毛巾、耳針、花露水，如此種種，花團錦簇地圍繞著一台Thinkpad（聯想筆記型電腦），它如此堅硬卻啞然失聲。輕輕滑動觸控螢幕，螢幕保護程式關閉後，帶著十幾個標籤欄的瀏覽器赫然在目，每一個標籤都是和醫院、藥方、病症相關的內容。

冷小星走過來爬上床，搖搖我的身子。我用空洞的眼神望著他，問他：「為什麼沒有出路？」

冷小星莫名地憤怒起來，在房間裡走來走去，一隻手掰著另一隻手的骨節，「呀、呀、呀」，一個一個全都沒有辜負他的期望，響得很。

「鍾西西，妳差不多就行了！搞笑也要有個限度！」我抬起眼皮，看了他一眼，又放下眼皮。

「妳不就是生了點小病，有點不舒服嗎？妳至於要死要活的嗎？妳不就是有點神經官能症嗎，妳至於讓它發展成為真正的神經病嗎？」

我聽了他的話，再也忍受不了：「冷小星，我告訴你！我沒有神經官能症！我也沒有神經病！我就是個生活在山裡的怪物行了吧？你們誰也別理我，我回頭就回到自己的洞裡自生自滅，等我消失了你們就都好了！」我用盡全身力氣對著冷小星吼，嗓子嘶啞起來，聲音顫抖，像是要把誰吃掉。

冷小星大概從來沒見過我這麼吼，像是被我的威力震懾住了，半天沒說話，然後突然問我：「妳到底怎麼了，小西子？」

小西子是冷小星替我取的暱稱，平時他抱著我的時候總是這麼喊我。我在暴怒之下突然聽他這麼喊我，心裡委屈極了，一下子癱坐在床上，哭了起來。

「冷小星，我害怕……」

冷小星走過來坐在我對面，像看一個鬧脾氣的小孩一樣笑起來：「妳到底怕什麼呀？」

「你不知道，我無時無刻不在難受。而且我到底得了什麼病誰也說不清楚。」

「但是妳並沒有得什麼大病啊。」

「這誰說得準呢？那麼多醫生，誰也治不好我的病。我感覺我對自己的身體毫無辦法，不知道什麼時候它會出現什麼狀況！我既沒有緩解症狀的辦法，也不知道它將往什麼方向發展！」

「妳覺得它能往什麼方向發展？妳到底在怕什麼？」

我看著冷小星的眼睛，此刻他的手正握著我的手，我感覺到他的手非常堅定、非常溫暖。我決定姑且一試向他敞開心扉，說不定他能理解。

「我怕死。」我終於承認了。

冷小星用一種疑惑的眼神望著我，說道：「第一，妳的病不會讓妳死。第二，就算是要死又怎麼樣？有什麼好怕的？只要妳死而無憾就沒什麼好怕的了。如果將來我要死了我就不會怕。」

我心裡對他的話超級不屑，最討厭他這種自以為是的態度。病不在他身上，他不難受，當然可以說風涼話。

我說：「第一，你根本不知道什麼樣的病會讓人死。第二，你也不知道人在死的時候有多痛苦。」

冷小星問：「妳就知道？」

「我當然知道。」

我當然知道。冷小星聽到我這麼說也馬上意識到的確如此。

「妳因為妳媽媽的事情所以對生病有一種恐懼心理是不是？」

「是，因為死亡本來就是非常恐怖的。」

有沒有發現，在我的敘述中「媽媽」於我是一個缺席的角色？那是因為，她在我十六歲那年因為罹患癌症離開了我。不然的話，也許我的人生不會是這樣。

「她是這個世界上真正疼愛我的人，所以她的痛苦我能感同身受。你根本無法想像死亡是一件多麼可怕的事。」

「有多可怕？」

「我媽媽從始至終都不知道自己的病情，因為我爸爸覺得不應該告訴她，所以她一直覺得自己還能好，可是她的身體卻每況愈下……我家人也沒有告訴我實情，但有時候我會隱隱地覺得不對勁。我不知道我媽媽到最後的時候是怎麼想的，也許她會為自己所經受的巨大痛苦而感到震驚，也許她像我一樣不想相信但卻懷疑就是如此。」

「也許她那時已經顧不得想那麼多。」

「嗯，也有可能如此。」

我繼續說：「我媽媽一開始的時候，只是一直後背痛。有很長一段時間，我們一直以為是她的心臟有毛病，但卻查不出任何問題。結果最後是胰臟的問題，這誰能想到，誰又有辦法預知？我記得非常清楚，到最後幾天的時候我媽媽只能靠打嗎啡來止痛。我們去看她的時候，她跟我爸爸埋怨說護士不幫她多打點止痛針，她還是覺得痛。她是那樣好的一個人，平時根本不會隨便對別人發脾氣，但是她那天看起來非常不高興。而她不知道的是，其實醫生已經用到最大劑量了。因為那時候除了幫她止痛，已經沒有任何其他辦法了。

「我沒能見到媽媽最後一面，這些年我一直非常悔恨。有時候我會恨當時打電話給我的奶奶，因為都到了那個時候了，她還支支吾吾不肯跟我說實話，耽誤了時間。說好聽點她是怕傷害我，說難聽點她這是對我最大的傷害！雖然奶奶後來一直對我很好，我卻始終無法忘記這一點。所以我不知道最後一刻媽媽是怎樣的，如果我能見到她她會跟我說什麼，她連一句話都沒能交代給我就走了，我連對她最後的安慰都沒能給她。」

「所以妳的回憶就一直停留在那一刻不肯離開是嗎？」

「你這麼說是什麼意思？」

「鍾西西，任何人都不會覺得死亡是一件不恐怖的事。雖然我沒有像妳一樣經歷過妳說的這些，但我仍然毫不懷疑死亡確實是一件讓人感到害怕的事。當然，妳所看到的死亡要比我們這種想像中的死亡更加具象，所以妳所感到的恐怖也更加具象。但問題是，這種恐怖對於妳真正地理解死亡、處理死亡毫無意義，妳只會更加不能面對。」

「但它本來就是那麼痛苦，怎麼做才有意義？」

「妳覺得妳媽媽為什麼會生病？」

「很多原因。她太過操勞。那時候她上班是上二十四小時歇四十八小時，睡眠時間非常不規律，休息的那兩天她也無法好好補眠，她要處理我們自己家的事。那時候我爸爸什麼都不管，家裡大小事情都是我媽媽做，此外她還要去照顧生病的外婆。另外，她過得也並不開心。在我們這樣一個家庭，很多人並不關心她，反而瞧不起她，讓她處處受委屈，令她絕望。我後來看過她的日記，她說我是她生命中唯一的一點希望，但我有時候也會任性、跟她鬧脾氣。」

「妳那時候還很小，任何小孩都會任性，這很正常。所以妳媽媽是因為操勞過度加上心情不好才會生病的對嗎？」

「嗯，我覺得是這樣。而且從中醫的角度來分析，這兩件事也的確會使人身體不好。中醫認為人要規律作息，合乎大自然的規律，如果光操勞不休息當然會耗損正氣；人的心情更是十分重要，常年心情不好會讓人生很多病。」

「那中醫是如何解釋人的死亡的？」

「中醫認為人有先天之氣和後天之氣。後天之氣充足就不會耗損先天之氣，不足則會耗損先天之氣。先天之氣不可再生，因而不可濫用。有些人死是因為沒有找到正確的治療方法，有些人找到了正確的方法但還是死了，就是他已經到了不得不走的時候了，誰也沒有辦法，所謂『回天乏術』。」

「嗯。妳這不是分析得很好嗎？雖然我不是很明白妳說的先天之氣、後天之氣是什麼東西，不過按照妳說的，只要規律作息、保持心情愉快不就不會生病嗎？既然人的死亡很多時候也是沒有辦法的事，妳也就不用那麼糾結了。」

「可是人死的時候是很痛苦的。」

「也不是所有的人死的時候都那麼痛苦。我們老家那邊有個地方叫南山，是個長壽村，很多老人都是自然死亡的，睡一覺人就沒了，一點也不難受。」

「嗯，我倒是認識一個爺爺也是這麼沒的。但這種情況太少了。」

「就算不是自然死亡，每個人在死的時候痛苦的程度也是不一樣的。所以妳既然從道理上理解了死亡，也知道怎樣能保持身體健康，就不用總想著那些痛苦的記憶了。」

「不行。就算跟生病和死亡無關，我也不能把那些記憶抹去。」

「為什麼？」

「因為如果連我都忘記這些，就沒有人記得了。很多事情都已經變了，有誰能證明我媽媽曾經活過，曾經真真切切地存在這個世界上？她是個普通人，沒有留下過什麼，唯有我的記憶能證明她曾經的存在。」

「妳太膚淺了。難道妳覺得這個世界上就只有妳記得她，別人都已經將她忘記了？」

「我看不出來別人還記得。」

「記得一個人需要讓別人看出來嗎？」

冷小星看我沉吟不語，繼續說：「不說別人吧，就是我，雖然沒有見過妳媽媽，但我是常常想起她的，也十分尊敬她。」

「啊？你？你心裡除了你自己還能想到別人？」

「我怎麼就想不到別人啊？妳可不能趁機擴大矛盾、無限上綱啊……」

「那好，那我問你，你為什麼常常想起我媽媽？」

「因為我聽妳對她的描述，知道她對妳來說是非常重要、非常特別的一個人。我也覺得妳媽媽對妳和妳家其他人對妳很不一樣，我覺得她的教育方式很好，很注意培養妳的健康心態，不像妳家其他人一樣老是否定妳。所以我想，如果她一直在妳的身邊，現在妳一定會更健康也更快樂。」

「你真的是這麼想的嗎？」我萬萬沒想到，極度自負如冷小星者，還能說出如此溫暖人心的話來。

「我當然是這樣想的，但是如果我不跟妳說妳也看不出來對不對？所以很多人記得妳媽媽，不過他們不一定會天天跟妳說。而且記得一個人為什麼要記住那些痛苦的東西，為什麼不去記住那些美好的快樂的東西呢？」

「因為我想記住她曾經的痛苦。」

「為什麼？」

「因為我為她感到不公平。」

「難道妳想替她報仇？報復那些曾經對她不好的人？那些人都是妳的家人。」

「那倒也不是。我覺得那些曾經對她不好的人已經後悔了，所以我覺得他們之所以對我好都是因為要在我身上彌補對她的虧欠。但我想讓他們知道這是彌補不了的，他們想透過對我好來擺脫自己的罪惡感是沒用的，他們應該懺悔終生。」

「妳為什麼要這樣想？我相信沒有人會因為對妳好就覺得妳媽媽的離開不是遺憾了。她的離開當然是所有人的遺憾。他們對妳好，也許不是想為自己贖罪，也許只是覺得妳失去了至親很可憐，需要他們的關懷。」

「但我不需要他們的關懷。」

「好吧，」冷小星做出「退一萬步來講」的姿態，「無論妳需不需要他們的關懷，這些都已經不重要了，因為它們都是過去的事情了，已經過——去——了。小西子，妳得學會把過去放下才能好好地向前走。」

「但如果我把這一切都淡忘了，我會覺得像是背棄了我媽媽一樣。」

「妳一直記得這些事，活得這麼痛苦，就不是背棄了妳媽媽？有一件事妳一直不太明白，小西子。」冷小星對我眨眨眼，還故意停頓了一下，然後說出了一句讓我非常驚訝的話：「妳媽媽雖然是個普通人，不過在這個世界上她卻並不是什麼都沒有留下。她留下了妳。」

冷小星的這句話顛覆了他在我心目中的形象。從前他是驕傲、過於理想化、不懂現實、不明白痛苦是什麼的人，現在卻變成了稍微有一點人生智慧的人了！

我半天沒能說出話來，因為一時還無法明白他說的這句話的深層涵義。

「所以妳過得好是很重要的。我叫妳放下過去不是要妳忘掉一切，而且要妳忘妳也忘不掉對不對？但妳可以記住那些美好的，淡化那些痛苦的，把它們放在內心最深處。妳不必覺得是在背棄妳媽媽。我相信妳媽媽最希望妳得到的是生活的真諦，她不希望她的離開令妳後面的生活一直都如此痛苦。而那些做過不好事情的人，他們的內心一定很清楚自己做過什麼，他們自己會後悔、會遺憾的，這就行了。」

「鍾西西，」冷小星語重心長地對我說，「妳現在已經長大成人，妳後面的生活都要由妳自己來負責了。妳不必再糾結於那些過往的歲月了。如果真的想記住妳媽媽，妳就應該變成一個她想成為而沒能成為的人，應該生活得幸福才對。以後我會努力讓妳變得幸福的。」

我被冷小星一連串的哲理性發言所震驚，細細一想，他說的其實很有道理。

我嘗試確認他說的話：「你的意思是，即使我忘記我媽媽所經受的那些痛苦也沒有關係了嗎？」

「不是要妳完全忘記，只是要妳把它放下。」

「你是說我不用擔心我的病嗎？」

「妳只要作息規律，心情良好，情況就不至於變得更差對吧，也許身體還能慢慢好轉。然後我們再找一個可靠的醫生幫妳調理不就行了。」

「但要到哪裡去找可靠的醫生？我都已經盡全力了，實在不知道哪裡還有可靠的醫生了……」

「以後我們一起找，也問一下身邊的家人朋友，肯定能找到一個相對可靠的醫生。妳也不用太著急，病也不是一朝一夕能治好的，關鍵是先把心理上的包袱卸下。」

「我身體上的不舒服不是心理問題導致的……」

「我知道。我以後再也不說妳是神經官能症了行不行？不過心理健康對妳的身體也是有好處的。」

「好吧……」我終於妥協下來，彷彿在荒漠中找到了一小片可以歇息的綠洲，躺在樹下喘著氣，有一點點陰涼和舒服。

當天晚上，冷小星帶我去好好吃了一頓晚餐。雖然我還是不太有胃口，但是能按時吃飯還是讓我感到很欣慰。冷小星說得對，過去種種皆為過去。我就是一直缺乏一種讓過去成為過去的能力，才會有太多的記憶點，有的讓我擔憂，有的讓我害怕，有的讓我悔恨。

人最難做到的也許不是原諒別人，而是寬恕自己、放鬆自己的心。自己的內心無所羈絆，是自由的，就會感到舒服自在。沒想到這個高深的理論會由「幼稚小童」冷小星同學對我說出來。

當晚臨睡前，我收到小徐醫生的回信：

中醫現在本來就不夠昌盛，「真正」的中醫師並不多，而藥材很多也都是人工製成，療效有限，妳碰到的問題並不奇怪。

儘管如此，找到能治妳病的醫生仍然大有希望，不要放棄。

望早日收到妳好轉康復的喜訊。

想到中醫的理論畢竟還是正確的，想到冷小星就在身邊、答應幫忙，當晚我睡得異常好，沒有做夢，一覺睡到天亮。

第三章　亞當和夏娃

1 我的朋友周輕雲

我的朋友周輕雲是個大叔控，和我正好相反。所以我們搞不明白彼此為什麼會愛上這樣的男人。

「喂喂喂，周輕雲，這男的也太老了吧，跟妳一點也不配，妳看上他什麼了？」

「他成熟有魅力。妳喜歡的那個誰我也沒看出來好在哪裡啊……」

不過這並不妨礙我們成為交心又交情的朋友。

以前上學的時候，我們常常一起騎車回家。騎到建國門古觀象台底下，有個小小的公園，我們就下車坐到公園的長椅上去，天南地北地聊天。

那時我信誓旦旦地對周輕雲說：「妳知道嗎，將來我要是嫁一個人，他一定要最最喜歡我，最最愛我。就算將來我們生了一個女兒，他也不能喜歡女兒勝過我，不然我會吃醋。」

周輕雲大呼：「妳這個變態！」

我哈哈大笑，承認她的確比我更具有母性的光輝：「好好好，將來妳要是有了孩子，肯定是個好媽媽，行了吧。」

周輕雲對我眨眨眼睛，得意地默認了。

就是這樣一個周輕雲。她的名字和《蜀山劍俠傳》裡「三英二雲」中的周輕雲一樣。小說裡的周輕雲是個女俠，我的朋友周輕雲雖然不是女俠，卻是個奇女子。

二十幾歲的時候我陪著她去醫院做人工流產前的檢查。在人擠人的婦產科走廊裡，我用自己的大衣疊成靠墊放在她背後讓她靠著腰，冷眼看著走廊外面等在那裡的一排形形色色的男人，禁不住罵道：「男人真是沒有一個好東西！」輕雲坐在我旁邊，臉上沒有任何表情。她穿著肉色高領毛衣，臉上一陣一陣發白。

做完檢查，我陪著輕雲去家樂福買東西。我替她在外面租好了房子，這樣她做完手術就可以有個地方落腳休息。那時候我什麼都不懂，不過好歹知道該幫她買些熱水壺、棉被之類的日用品。在超市裡逛著的時候，我看著什麼都好，想替她買這個又想替她買那個，就怕她休養的時候過得不好。我拉著她走來走去的時候，輕雲突然問我：「我真的不能把這個孩子留下來嗎？」

我的心一沉，在此之前我從來沒想過這個問題。我抬頭看著她，不明白為什麼她會有這樣的疑問。「妳為什麼突然這麼問？」

「我也不知道，」輕雲低著頭說，「只是自從有了這個孩子之後，我突然有一種要當媽媽的感覺。妳知道，這是我的孩子。我最近每天下班都會去買點好吃的，覺得這似乎是我唯一能替他做的了。我甚至沒有機會知道這是個男孩還是女孩。可是我們真的要就這樣剝奪他的出生權嗎？」

我突然想到若干年前我們半開玩笑半認真的那場談話。雖然不能感同身受，但突然意識到，也許對輕雲來說，失去孩子讓她很難接受。

在考慮了幾分鐘之後，我給出了我的回答：「如果不能給這個孩子一個正常的身分，妳把他生下來是不公平的，會讓他痛苦，那還不如不要讓他來。」那時我如此幼稚，以為憑藉著「正義」和「理性」，就能隨便判斷一個生命的來與去。

輕雲沉默不語，也許不知該如何回應我。

我覺得自己的語氣太強勢，知道輕雲亦是受害者。我拉著她的手輕聲問她：「為什麼讓事情變成這樣？」

「這是個意外……」輕雲小聲說。

「妳愛他嗎？」

「我也不知道。他很成熟，有時候我覺得他好像能一眼就把我看穿，讓我無處可逃。」我知道她說的感覺是真的，有些人就是有這種致命的魔力。

「周輕雲，妳覺得把這個孩子生下來妳有能力獨自撫養他長大嗎？」

她抬起頭，眼眶都紅了，然後搖搖頭。

我沒有再說什麼。

那段時間，我常常在日語課下課之後騎車去我替輕雲租的房子陪她。我一邊複習功課，一邊和她聊天解悶。那時我還年輕，不太能體會她的那些思緒，也不懂得小產之後該吃些什麼，只會幫她做些紅糖水煮蛋。有時買些蝦清煮了兩個人吃，有時買雞翅做可樂雞翅。這些都是我那時覺得最好的食物。

那時我們雖然過得苦，卻成為彼此的生死之交。

所以輕雲打電話給我約我出去吃飯的時候，我有些吃驚又並不吃驚。畢竟我們有一段時間沒有聯絡了，但我知道，我們兩個的生活常常是連在一起的。我如今變成這樣，輕雲不會坐視不管。

約定見面的地方在西藏大廈B座，離我住的地方不遠，但我從來沒去過。輕雲說那地方叫「彩虹之約」，是家吃淮揚菜的地方。我喜歡吃淮揚菜。

這家餐廳有些與眾不同。每張桌子上有一張大的卡片，上面畫著一個白衣飄飄、風度翩翩的金髮耶穌，旁邊是一張地圖，記錄著耶穌當年傳道所經路線以及他的主要事蹟。我一邊看一邊想，耶穌這人還頗有趣、頗仁義。再仔細一看這家餐廳，才發現牆上有彩色的玻璃，地上有黑色石磚拼成的一個大大的「十」字。

輕雲姍姍來遲，坐下後立即說明這是一家基督教主題餐廳。

我問她：「妳是基督徒了？」

她點點頭。

我一點也不吃驚。輕雲雖然看起來那樣雲淡風輕，卻是一個無論做出什麼事都不會讓我感到奇怪的存在。她是奇女子嘛。

「還有，再過兩個月我就要去美國了。」

輕雲後來辭職離開了曾令她有過不美好回憶的傷心地，自己在家準備英語考試，申請學校，最終拿到了錄取通知書。這些我都知道，只是沒想到時間過得這麼快。在我四處求醫的時候，輕雲已經一個人完成了所有這一切。

輕雲點了這家餐廳的推薦菜，叫「五餅二魚」，就是五個小白餅配上半條松鼠鱖魚、半條香煎鱈魚。菜色很特別，口感也不錯。

「妳身體怎麼樣了？」

「嗯，我最近找了一個以前在部隊裡工作的醫生幫我調理，症狀有所緩解。不過，還是沒有人能說清楚我這個病到底是怎麼回事。所以平時心情還是不太好。」

「那妳願意跟我去教會看看嗎？」

「啊？」

「我就從那裡找到了很多幫助和力量。」

「妳知道，我雖然並不否認這個世界上存在超自然的力量，但我也無法確定就一定有。」

「我知道。妳也許不相信或不一定能接受，但是我真的希望妳能跟我去教會。我很希望在我去美國之前能幫到妳。」

「我知道妳一直在參加教會的活動，我也覺得教會裡會有很多很好的人。但這並不能說明教會的作用真的就那麼大。」我試圖很理性地勸說輕雲。

「是我感受到了。」輕雲湊近我，緊盯著我的眼睛說。

「妳感受到了什麼？難道妳聽到上帝跟妳說話了？」我不解。

「不是，不是聽到的，是我感受到的。我能感覺到我的心裡逐漸充滿了聖靈。」

「這聽起來好像迷信……」

「鍾西西，妳為什麼就這麼執迷不悟呢？妳經受這麼多奇怪的痛苦難道就不想想是為什麼嗎？妳不覺得很多事是妳怎麼想也想不明白的，在很多事面前自己不過是一個渺小無力的人嗎？妳覺得噩運會無緣無故地降臨而沒有任何原因嗎？」

輕雲這番話說得慷慨激昂，說完之後又恢復了往日的平靜。不過她的話卻仍然沒能回答我的問題。

「輕雲，妳生氣了嗎？」在這個時候，我不願意再讓自己的好朋友生氣。

「不，不，我沒有生氣。我只是很想幫助妳。」輕雲嘆了一口氣，「其實妳有現在這種想法，蠻正常的。我以前也跟妳有同樣的想法。但我想問妳一個問題，這個問題很重要。」

「什麼問題？」

「妳覺得自己有罪嗎？」

我想了想我的前半輩子，此前的二十多年，一聲嘆息換不來萬般後悔：「會。我有時會覺得自己以前的很多事做錯了，總是對生活和他人抱有不滿，傷害別人，但是我仍舊不知道究竟是因為什麼我變成現在這樣，原因似乎很奇怪，我也不知道該怎麼辦。不過我覺得讓我感受到妳說的那些抽象的東西真的不太容易，妳是怎麼感受到的？」

「有一天我在參加禮拜的時候聽他們唱讚美詩，聽著聽著我突然就感受到了，眼淚止不住地流，覺得很感恩。」

「是什麼樣的詞？」

「我記不清了，但這不重要。自從那之後，我每每看到讚美詩的詞，心裡都會感到像是充溢著什麼，就像這一句。」輕雲指著餐廳菜單封面寫的一句詞，我仔細一看，原來是：我所賜的水要在祂裡頭成為泉源，直湧到永生。「看到這樣一句話，妳心裡不會有什麼感受嗎？」

我仔細體會心裡的感覺，卻並未有什麼異樣。我遺憾地搖搖頭，對輕雲說：「其實我也覺得如果能像妳一樣感受到就好了，因為我覺得你們看起來都很快樂，很安心。」

「我知道現在跟妳說這些妳還理解不了，不過妳就把基督教當成一種知識、一種哲學、一種文化來了解也是好的。最起碼，妳看看我，不覺得我的變化很大？不想了解我變化的原因嗎？」

我想到以前輕雲常常低垂的睫毛，想起她常常沉靜而發白的臉龐，想起她有時的若有所思、沉默不語，想起她的悲傷而無法自拔，想起她的失去。我再看看她現在有著光彩的眼神，有著光彩的臉和全身。她的確在我不在她身邊的這段時光，在我不知道的情況下改變了許多。看起來，確實像有一股什麼力量改變了她。

「那好吧，我可以去教會看看，不過我不能對妳保證什麼哦。」我對輕雲笑了笑，吃了一口「五餅二魚」。

回到住處，我跑到冷小星跟前，把他從漫畫世界裡驚醒，對他說：「冷小星，我要去教會啦！」

冷小星「啊」了一下，趕緊爬起來問我是怎麼回事。

我把抄在紙上的那一句「我所賜的水要在祂裡頭成為泉源，直湧到永生」拿給他看，並且向他講了輕雲對我說的話。

「可是我看到這些話沒有什麼感覺呢。」我對冷小星說。

「沒有感覺嗎？」冷小星一臉驚異，「妳不是超級性感……哦不是，是超級感性的人嗎？怎麼會對這個沒感覺？我剛才看到這句話超有感覺的。」

「是什麼感覺？」

「覺得心裡麻麻酥酥的，好像真的湧進一股清泉。」

「呃，聽起來好噁心……」不過我還是感到十分羞愧，自己的感受力居然還沒有冰人冷小星強，這的確出人意料，不禁隨口說：「既然你感受力這麼好，不如跟我一起去教會吧。」

「好啊。」冷小星爽快地答應了，然後繼續回到他的漫畫世界中去了。過了一會兒，他又像想起來什麼似的說：「妳不會是想當基督徒吧？」

我回答他：「我目前只是想把基督教當成一種哲學和文化去了解，畢竟也是世界三大宗教之一嘛。我是一個崇尚真理的人，不是一個迷信的人，你放心好了。」

冷小星抓抓頭，被我慷慨嚴肅的語氣逗笑了，說：「其實我也就是隨口一問。說不定我後來變成基督徒呢。」

我點點頭，表示很滿意。

就這樣，我們決定下個星期天，一起去教會一探究竟。

2 隱形的生活

北京這個地方很大，所以在這裡可以遇到形形色色的人，形形色色的事。這是個複雜又混亂的城市，也因此它似乎有驚人的包容性。三環內既有高樓大廈、水泥森林，也有屬於舊時代的胡同小巷；三環外面，是新的城市中心和不同檔次的住宅社區。這裡有政商精英、有文化名人、有白領、有小資、有城市極速發展中每天掙扎著快樂的主流人群。

可是，在任何地方都有一些隱祕的場所、隱祕的人。他們為人所不知，隱藏在城市中，做著一般人不會了解的事。他們有自己的追求，有自己心裡的一桿秤、自己的神。若你在北京生活多年，也許知道798藝術區、後海，甚至知道朗園vintage文創園，知道宋莊畫家村，知道北京有多少老牌烤鴨店，知道哪裡的銅鍋涮肉最道地，但是你大概對胡同文化保護的事情不甚了解，對救助流浪狗流浪貓的民間組織感覺摸不著頭緒，這是因為它們都是隱藏在生活另一面的東西，然而它們真真實實地在那裡。家庭教會就是這樣一種存在。

輕雲所在的家庭教會在天通苑地區。她自己其實不住在那裡，但她喜歡這個教會，因為這裡的人待人熱情，彼此的交流很多，所以她願意每個週末穿越大半個北京城來這裡做禮拜，甚至參加了服侍小組做引導服務工作。為此她付出的是每個週末不能享受充足睡眠的代價。我對於她週末還能堅持早上六點就起床的毅力感到十分驚訝。

禮拜開始了，我和冷小星抱著好奇的心情和大家一起參加儀式，但整個過程卻讓我們有些難以適應。很多教徒非常大聲地進行禱告，儀式顯得有些嘈雜。而且面對身邊教徒的禱告，我和冷小星都顯得有些無所適從，特別是冷小星，他簡直忍受不了。我能感到他有些坐立不安，不過好在他堅持了下去，沒有中途離開。

禮拜結束後，教會在中午會準備午餐供大家食用。午餐很簡單，一般是米飯配三樣菜，菜都很素，偶爾有些肉末的蹤跡，但吃飯的大廳裡熙熙攘攘，一派熱鬧景象，因為大家都在互相說著話。

我和冷小星是新來的，所以被請到了接待新人的地方，接待我們的是一個叫王璐的中年姐妹。她說話有一種輕微的湖南腔，有時候很溫柔，有時候又擲地有聲。輕雲也陪伴我們坐在旁邊。大家一邊吃飯，一邊聊。

王璐姐問我們：「你們為什麼來到教會啊？」

冷小星指指我說：「她有病。」

大家哄然大笑。

我白了他一眼，在心裡罵他：「你才有病呢。」然後對王璐姐不好意思地笑笑，說：「我最近確實身體有點不舒服，心情也比較憂鬱。我朋友輕雲介紹我來教會，說也許能從這邊得到一些啟示和力量。」

王璐姐點頭笑笑，表示了解了情況，進而介紹起宗教思想與我們平日思想的不同：「我們從小學習以及接受的，是西方思想中由達爾文進化論所衍生的一系列觀念：我們相信『理性』，認為透過歸納、演繹可以知曉世界上的一切規則。因此我們相信自己的眼、自己的大腦，相信自己的行動和能力。我們相信只要有足夠的時間去學習和總結，我們就能更好地利用和適應一切，向著更好的方向變化。但宗教的世界觀，對我們習以為常的世界卻有著截然不同的說明，和我們平時所思、所想、所見的世界很不一樣。」

「你們願意繼續了解基督教嗎？如果願意我們就來做一個決志禱告吧。」王璐姐介紹完之後問我們。

「嗯……」我支支吾吾。

「這個……」冷小星不置可否。

我知道冷小星在想什麼，他一定跟我想的一樣，覺得這場景好像是要讓我們加入什麼莫名組織一樣，而我們對它還完全不了解，有點怕上賊船的感覺。

「我們對基督教還不是特別了解，還不能確定自己有這樣的信仰。」冷小星終於說出心裡話。

「決志禱告只是說明你們願意繼續了解基督教和上帝的真義。真要成為基督徒，還必須學習很多才行。」輕雲在旁邊解釋給我們聽。

聽了輕雲的話，我才稍稍放下心來。但冷小星向我遞了個眼神，我知道他還是不願意。我很為難，一方面我能理解冷小星的心情，對教會的氛圍我也不是很喜歡，感覺對人的信仰有點強迫，畢竟我們第一次來，根本沒到「決志」的程度，在我的心裡，我更喜歡回去先讀讀《聖經》，了解基督教的思維邏輯，然後再判斷是否有道理，再決定是否要做決志禱告，這種漸進的方式更能讓我接受；但另一方面，我又覺得做「決志禱告」也無不可，而且似乎做一個這樣的儀式，從感覺上來說更容易監督自己去認真了解基督教的觀念、思維和文化背景。

雖說我一開始是抱著拯救自己的信念來的，但我更想知道的卻是真理性的東西：這個世界到底存不存在超自然的力量？如果有，是一個什麼樣的存在？而世界又究竟是以一個什麼樣的規則在運轉？在這一系列的運轉之中，我的生病、憂鬱又該如何解釋？

在此之前，我一直都覺得這些東西離我很遠，但現在所面臨的這個難關卻讓我第一次去思考這些「根本性」的問題。我不喜歡那些因為生一個病就隨便信仰一種宗教的案例，這樣的做法讓我覺得信仰是一件很盲目的事情。我認為信仰不是這樣的。所謂信仰，應該是你對真實的相信，是 what I know for sure（我所堅信的）。

盛情難卻，我和冷小星最終被大家包圍著做了決志禱告，但是剛從教會出來，冷小星立刻翻了臉，嘴嘟起來一副不滿的受氣包臉。

「這也太強人所難了！妳說為什麼要做決志禱告呢？」冷小星向我抱怨。

「這也沒什麼不好啊，就是告訴上帝你會繼續去了解祂啊。」我半開玩笑地安慰冷小星。

「什麼跟什麼呀？我怎麼知道一定有上帝呢？」

「嗯，很多原因啊，王璐姐不是說了嘛，《聖經》的寫作時間很早啊，摩西五經的寫作時間在西元前一千五百年左右，是人們根據上帝的啟示記錄下來的。而

《聖經》中所說的很多預言後來都被印證了。那個時候的人有什麼理由說謊呢？」

「那算什麼？妳說《聖經》出現得早，那《山海經》出現得更早呢！」

冷小星同學是《山海經》迷，雖然他平時天天看漫畫、打遊戲，不學無術，但是一提起《山海經》，他立刻像打了雞血一樣，跳起來滔滔不絕能講一個多小時。

「不過，據我所知，專家們一般認為《山海經》大約成書於戰國時期，那沒有《聖經》早啊。」

冷小星冷笑兩聲：「哼，妳以為妳在學校裡學的那點知識就能說服我嗎？我對《山海經》的了解可比一般人多。來，讓我給妳長長知識吧，女博士。《山海經》成書之前有古圖，是先有圖後有書的，書是後人根據古圖撰寫的。妳說的只是《山海經》的成書年代，我說的可是《山海經》古圖出現的年代。」

好好好，我不得不承認，冷小星確實是專家，我真是自嘆不如。

「在《山海經》的古圖中，世界上本來只存在著一片大陸。《山海經》裡記載了每個地方存在的物種，有很多神奇的異獸。還有，中國很多的神話故事都是出自《山海經》。因此《山海經》比《聖經》還要早啊，怎麼《山海經》裡沒有記載著有上帝呢？」

「嗯……那有可能是因為上帝最早的選民不在東方啊，所以我們的祖先那時候不知道有上帝。」

「怎麼可能？妳這個崇洋媚外的傢伙。照妳這種解釋方法，什麼問題都能講得通了。」

「那聽你的意思，你是覺得這個世界上沒有一個超自然的終極存在了？你是無神論者嗎？」

「No，no，no，我是一個多神論者，所以不太能接受基督教的一神論。我覺得萬事萬物都有神。在我們家鄉，每年會祭拜各式各樣的神，過年的時候也會祭拜祖宗。」

「可是在基督教的理論中，貌似並不否認世界上存在著其他的有靈物。只是終極性的神只有上帝一位。」

「我還是覺得各種神的位置不分高下，沒有誰駕馭誰或掌管誰的問題。再說了，就算真的是有一個終極的存在，我又怎麼知道這個存在就是基督教裡的上帝，而不是佛教裡的釋迦牟尼，不是伊斯蘭教裡的阿拉，不是道教的玉皇大帝呢？妳說說看，基督教和佛教妳覺得哪個更有道理？妳平時不也看了一些佛教知識的書嘛。」

冷小星的問題其實也是我一直在思考的。我的身邊既有佛教徒也有基督徒，兩個群體裡都有我一直尊敬和信任的朋友，我相信他們的判斷力，認為他們都不是會盲從的人。但這些被很多人都信奉為真理的宗教，其理論之間是否有相衝突的地方呢？究竟哪個才是終極的真相，還是不存在所謂「終極的真相」？

「據我的了解，佛教的理論和基督教的理論完全是不同體系呀，根本沒辦法拿來比較。」

「那妳說說看，怎麼個不一樣？」冷小星歪著腦袋問我。

「在佛教中，生命是一個不斷輪迴的過程，死亡伴隨著的是輪迴轉世。在基督教裡生命則是線性的，有始有終，死亡之後等待我們的是最終的末日審判。佛教認為世界一切皆是虛空和幻象，基督教的世界觀則認為世界是上帝創造的實存物質世界。基督教的基本教義是承認自己有罪和對擺脫罪惡的無能，進而接受被拯救；而佛教的基本教義則認為個人透過持戒、念經、修行等各種形式可以擺脫自己身上幻象的羈絆，從而能夠登臨彼岸。所以從根本的理論上說是兩個系統，怎麼比呢？」

「那妳說，應該依據什麼標準來判斷真或不真呢？」

「依據理性和感覺。所以我才覺得你不能這麼快就做判斷。我覺得應該先回去好好讀讀《聖經》，了解一下相應的理論比較好。」我表達了自己的觀點，並點點頭覺得自己說得很有道理。

「哼哼，」冷小星冷笑了兩聲，繼續問我，「那照妳這麼說，我要是讀《聖經》很有道理，我是不是就應該信仰基督呢？那要是我讀著佛經也覺得很有道理怎麼辦？」

「這……」我一下子回答不上來，因為這種情況確實很有可能發生。

「我跟妳說，」冷小星拍拍我的頭，一副語重心長的樣子，「信仰不是知識性的東西，不是靠妳看書就可以獲得的。」

「啊？」

「妳不明白嗎？要不要我講個故事給妳聽？」

冷小星還會講故事？我倒是蠻有興趣聽的，於是點點頭。

「妳知道每年大年初一凌晨北京哪裡人最多嗎？」

「哪裡呀？」

「雍和宮呀。都是去排隊燒新年第一炷香的人。因為在佛教中，在雍和宮這種重要的廟宇燒新年頭香是會積特別大的功德的。所以很多人夜裡就去雍和宮門口排隊了。但是無論多早去，都燒不上雍和宮新年的第一炷香。」

「啊，為什麼呀？」

「因為香早就被那些當官的人給燒了。人家不走前門，走的是側門。在雍和宮大門還沒正式開門之前，人家已經從側門進去把香給燒了。」

「啊，怎麼會這樣……」我看著冷小星，感嘆人與人之間的不平等。

「不過這些大官還不是最厲害的。其實他們燒上的也不是第一炷香。」

我不明所以，大官不是最厲害的？那還有誰能更厲害？

「難道說有錢人更厲害？」

「不是。」冷小星搖搖頭，露出狡黠的一笑。

「最厲害的是雍和宮大年初一值早班的掃地阿姨！人家凌晨一來，還沒開始掃地，先偷偷把第一炷香燒了，誰又能知道？那些當官的，有錢的，用自己的權與勢想要得到的，最終還是輸給了平平常常的有心人。」

冷小星平時講的笑話都毫無笑點，真沒想到他是個冷笑話高手。這笑話講得我大熱天直冒冷汗。

「冷小星，你在這個時候講這麼個冷笑話到底是要表達什麼意思啊？」我不太明白他這個笑話和我們剛才談論到的宗教信仰有什麼關係。

「妳想啊，那些排隊來上香的人，他們在大街上排著，他們的信仰是人人都能看得到的對吧？而那些從側門進香的大官，他們的信仰一部分人知道但大部分人都看不到。不過，不管是那些排隊來上香的人，還是那些走旁門左道的當官的，他們都只是把信仰當作一個不在生活中的東西來欣賞、來瞻仰。有的還要花費力氣，靠錢靠權來上香。再說那個掃地阿姨，她也信佛，但她信佛這件事幾乎沒人知道也沒人在意，因為她的信仰跟她的生活已經融合在一起了，為佛門掃地就是她的工作，是她每天做的事。因此其實她每天都在積功德，說不定她自己還沒意識到。所以信仰成為生活的一部分是最厲害的！所以最後，是掃地阿姨而不是別人，能隨手就把頭香給上了。」

「So？」

「So，信仰是妳得融入其中去感受的。其實每個人都有自己的信仰，有人的信仰是宗教，有人的信仰是馬克思主義，還有人的信仰是某種觀念。但只要信仰與生活融在一起，就能獲得心靈的力量。妳看教會裡那些人，他們吃飯也好，做禱告也好，說話也好，唱歌也好，都在透過各式各樣的行為獲取心靈的力量。所以我覺得妳的憂鬱和脆弱也許一方面是因為妳身體不舒服，老想不通，但另一方面是因為妳是一個在生活中沒有信念的人，所以心力太弱。妳得好好修練妳的心力，才能變得強大。這就是我的心得體會。」說完，冷小星做了一個運氣下沉要出大招的動作。

「喲，沒想到你還能想出這種理論……」我對冷小星如此玄妙的闡釋感到很吃驚，甚至懷疑他是個大智若愚的人。

「但是話說回來，你到底相不相信這個世界的背後有一定的法則，並且在這一系列有著法則的運轉中，我的這個病是有著某種意義的呢？如果是，那是什麼意義呢？」

「我覺得有沒有意義、是什麼意義還得妳自己去感受。有可能是在為妳以前犯的錯懲罰妳，有可能是在警示妳今後的道路，有可能是給妳的一個機會，有可能是希望妳能明白要珍惜生活，究竟是什麼，得用妳自己的心慢慢去體會。」

冷小星或許說得對，信或不信，要用心去理解。有時候邏輯和理性上都有道理，但總覺得就是差那麼一點，就看能否感受到。對我來說，也許就是如何用心去體會這份痛苦的經歷的問題。

3 溫柔對待自己愛的人

我和冷小星因為信仰的問題發生了爭吵。

雖然他原本對我接觸宗教抱持開放的態度，但自從他知道《聖經》中有一條言論指明基督教徒不能和非基督徒結合開始，他就總是對我學習《聖經》報以諸多抱怨，因為他覺得自己是個多神論者，不可能成為基督徒。

我懶得理他，覺得他狹隘而膽小，冷小星也氣呼呼地戴上他的耳機出了門，我們開始了一場冷戰。

自從意識到我陷入了憂鬱情緒後，我和冷小星雙方都有所改變。我不再那麼認真，他不再那麼冷淡。有那麼一些時候，我們也會為對方帶來快樂，因為一些言語行為而笑得抬不起腰來。但我們終究太不一樣了。雖然我們都是水瓶座，但冷小星是典型忽冷忽熱、讓人抓狂的水瓶男，而我則是部分擁有水瓶女特質（比如帶有強烈的精神潔癖），和部分非常不像水瓶女（比如黏人黏到死）的存在。於是，冷小星同學忍受不了我在精神上的吹毛求疵和追求完美，我則崩潰於他分分鐘都有可能會玩消失不理人的把戲。加之我骨子裡有北方女生重情講理的大女子主義，他則是不懂人情世故的陰柔、驕傲的南方少爺，雙方一旦爭執起來，每次都是互不相讓、兩敗俱傷——而且受的還是內傷。

有時候想起來真是灰心喪氣。想我「半」世英名居然也落得身體不適、感懷不歡的下場，不覺得委屈都難。我知道冷小星和我一樣，時不時被我們火星撞地球般的爭吵所打擊，累得不行，若不是我們還算相愛，大概早就堅持不下去了。即便如此，有時候在互相不能理解對方思考方式的時候，仍然會想：男人與女人為什麼要在一起，這種結合究竟有什麼意義？既然在一起，為什麼還要這麼自私？

那段時間我正在焦頭爛額地準備我的畢業論文。從歐洲回來我一直陷入生病和憂鬱中不能自拔，學業荒廢甚多，等到回過神來的時候，離提交論文只剩下兩個月的時間了，而我先前又對自己評價過高，選了一個非常難的題目。本來的目標是「舊瓶裝新酒」，想把老話題談出新意來，結果話題沒變新，我自己倒是換了一副模樣——天天披頭散髮，穿著睡衣穿梭在各個房間中，一副邋遢相。

我的主戰場在客廳，那裡光線好，不容易讓我打瞌睡，而且有一張巨大的餐桌讓我放置五六本寫作當中需要用的書。當然，寫一篇論文可不是查閱五、六本書就能解決的，我前前後後大約會用到百餘本參考書，所以基本上每天這五、六本「主書」都要換一次。那時我就得從我臥室的小桌子上將今天需要用的書拿過來。臥室的小桌子上放著二十本我從學校借回來的參考書，即便如此，書還是不夠用的。有的時候，寫一個注釋就需要翻閱一本書；另外還有大量需要的書是圖書館不能外借的書。所以我三不五時就得抱著電腦去學校圖書館待上一天或半天的時間。

即便如此，論文進展還是以「龜速」前進，因為在短短的時間內，把讀書的心得轉換成合理的邏輯，再將之訴諸語言，這種腦運動量幾乎相當於讓大腦從早到晚地跑馬拉松，而且偶爾還得連夜工作，一宿過後我幾乎累得脫了一層皮，不過精神倒是清明空虛的，什麼也不想，那時的我大概是最溫柔的，因為已經沒力氣生氣或焦慮了。

寫論文寫累了的時候，我就讀《聖經》，或是就閱讀《聖經》過程中產生的一些疑問和教會裡認識的朋友討論。週末我去教會參加一個英文查經班，老師是一個叫彼得的英國人。

我覺得與其說我在學習《聖經》，還不如說我在與《聖經》相處，一點一點加深對它的了解。裡面寫的話我並不是每一句都能完全明白，我有時覺得那些話帶有非常強烈的比喻性、暗示性。不過，在能讀懂的部分裡，最使我受益的部分就在於基督教完全否認自私和以個人為中心，同時它也否認完全利他和以他人為中心。

我們不能對待他人苛刻，是因為我們和其他人一樣，本質上都有罪，而且無法自發地從罪惡中解脫出來，既然我們自己做不到沒有罪惡，那麼別人有罪惡也是正常的，我們沒有資格去指責別人的錯誤，因為我們自己也是每天生活在成堆的錯誤之中。同時，如果我們的生活重心在別的人身上，我們就會不斷地感到失望，因為人都不是完美的，你總是會被辜負。你總是覺得別人有拯救你的能力，這其實是不可能的。

我就是一個對待別人特別苛刻，但實際上生活的重心又全都圍繞著別人的人。就像我對待家人，就像我對待冷小星，我總是覺得別人對待我不夠公正，不夠寬容，不夠溫柔。媽媽走後我總是覺得別人對我不夠好，會傷害到我；我總是覺得自己身上承擔了過多的東西；我總是在心底盼望有一個人能來拯救我；我總是不明白為什麼別人不能理解我，這讓我感到非常痛苦。但我不明白的是，實際上在我埋怨別人不理解我的同時，我也沒有嘗試去理解別人，或者說，有些東西是別的人——哪怕是與你再親近的人——都不可能明白的。有些東西就是要自己承擔。

我會痛苦，那是因為我要求別人有十全十美的公正、慈愛和對我百分之百的理解。我會痛苦是因為我沒有看到每個人都一樣，別人做不到的，其實我自己也同樣做不到。

是盲目的自負讓我意識不到這些。以前我以為內心強大的表現就是把心腸硬起來，你錯了我就一定要指出來讓你明白你錯了，所以我的情緒總是很緊張；但現在我學會了很重要的一件事，就是，內心強大其實是要把心軟下來。你錯了，沒關係，我包容你。你錯了是因為你做不到，如果我是一個內心強大的人，我會幫助你去做你做不到的事。

所以再次面對冷小星的種種冷嘲熱諷，面對論文創作中的艱難困苦，我嘗試換一種思考方式去看待。我嘗試平心靜氣地去解決問題：該看書的時候看書，該休息的時候休息，該熬夜的時候熬夜。雖然身體上會不舒服，但不必焦慮，我告訴自己，這一切都會過去的。而對冷小星，我感到他和我一樣，我們都是特別自負的人，因為自負而看不到另外一些值得我們注意的東西。我開誠布公地和他講，希望他能繼續和我一起去了解基督教。原以為他會不高興，做出一副小家子怨婦的嘴臉，沒想到他倒是很大方地問我：「妳真的很想去教會參加活動嗎？」

我說：「那還用說？」

「那好吧。那妳趕緊修改論文，這個週末我陪妳去參加禮拜啊。」

「真的嗎？」我對冷小星太陽打西邊出來的行為覺得難以相信。

「是啊，我再去聽聽基督教還有什麼其他的言論啊。而且前兩天我趁妳睡覺的時候翻了翻妳寫論文時看的書，裡面有一篇是講徐志摩和陸小曼的。我突然覺得我就跟徐志摩一樣，他遇到陸小曼，我遇到妳，遇到妳、伺候妳大概都是我的命。」

暈，這傢伙稍微看了點有文化的書，怎麼突然變成宿命論者了？無論如何，我對他的轉變十分滿意。不管他是因為什麼才轉變，能和我一起去教會都是好的，當前要務是趕緊完成手頭上修改論文的工作，於是我又不得不開始奮發起來。

轉眼間到了週日的早上。一大早，冷小星就把我叫起來，兩個人簡單吃了早餐就來到教會參加禮拜。儀式什麼的，我們都跟了下來，無論周遭環境怎樣，我都靜下心來去分享和回憶這一週我在生活和學習中的心得體會。

禮拜的最後是常規的牧師布道。今天教會的牧師講的是愛和婚姻關係。

牧師慷慨激昂地講了很長時間，沒有過於精緻的修辭，更多的是平實的大白話，但聽得我和冷小星都默然下來。牧師的話讓我不禁想起我和冷小星之間的問題。我們是那麼的不成熟，互相怨恨和傷害。我嫌他不夠體貼、不夠關心我，平時吊兒郎當沒出息、沒計畫、沒記性，但卻忘了他也在努力地按照我的要求改變他從小培養起來的少爺習氣，改得也十分辛苦。這個城市對他來說是異鄉，他除了要接受成長的蛻變，還要克服一系列的鄉愁和環境的突變。他嫌我總是病懨懨不見好轉，平日裡過於追求完美，搞得人人都很累，不懂溫柔不會說甜言蜜語，卻忘了我自小受傷難以相信人，卻一次又一次拋棄一切來真心愛他。

我們似乎不是不知道彼此的感受和情意，但就是不肯好好去珍惜。明明退一步就可以海闊天空，卻一定要爭個你死我活，就為那一點點的誰對誰錯，誰辜負誰。

牧師說得對，我們都不是懂得愛的人。真正懂得愛的人，會溫柔相待自己深愛的人。

回家的路上，我們在公車上誰都沒有說話，各自想著心事。再過一個多月，我們就要迎來在一起兩週年的紀念日，但最近卻像是感情遇到了瓶頸。總是昏天黑地地吵架，即使不吵架也是平平淡淡，兩人有一搭沒一搭地說話，誰也懶得理誰。為什麼我們的日子會過成這樣？因為我的病，因為我的憂鬱，還是因為什麼別的？

我抬起頭，看了一眼冷小星，他也正好看著我。我猜他的心事與我的相似。他對我笑笑，我看到他額頭有一絲細汗順著臉頰流了下來。天氣太熱，我這才發現他最近晒黑了。

冷小星問我：「妳想不想下車喝汽水，再吃一個雞蛋灌餅？」我們下車的地方有一家店賣的雞蛋灌餅非常好吃。

我說「好啊」，於是我們就下車買了雞蛋灌餅和北冰洋汽水在街邊吃喝起來。灌餅很香，我也很餓，很快就吃完了。冷小星正喝著汽水，看我吃完，幫我擦擦嘴角，說那裡沾了一點醬。幫我擦嘴的時候，冷小星突然說：「無論如何，不管我們遇到什麼情況，不管妳是信上帝還是不信，不管妳有病還是沒病，不管妳是喜歡我還是跟我生氣，我們都要好好生活、互相鼓勵好不好？」

我們互相看著，我慶幸自己在今天前完成了論文的修改，我慶幸冷小星今天願意陪我來教會。我想關於人生的問題、關於我們之間的愛情，乃至關於生病、關於上帝，順其自然或許才是最好的。

第四章　跑步與幸福

1 邂逅村上春樹

二十三歲之前，別人若問我世界上最偉大的小說是哪一部，我會說是《紅樓夢》。別人聽到答案，或許大不以為然，覺得我不過是那類無病呻吟、心胸狹窄的文弱女子，這也罷了。倘若有人對這答案不反感，繼而問我：「那麼比較近的當代各路作家中妳最喜歡誰？」我則會一下沒了主意，可能會皺皺眉，然後非常不好意思地回答：「大概沒有。」

二十三歲以前，我就是這麼一個對現世沒有了解的人。

直到那年夏天我真正開始讀村上春樹的作品。

我是水瓶座的人，這個星座的人有個特點，就是總愛「特立獨行」，而且天生對大家都喜歡的東西抱持一種審慎態度，甚至帶有輕微的反感。所以在很長一段時間裡我都沒有去閱讀村上春樹的作品，因為身邊說他寫得好的人太多，其中有一些還屬於癡迷程度。越是如此，我對閱讀村上春樹越沒興趣。當然，並不是沒有嘗試。

在上高中的時候，我曾經自己在王府井新華書店購買過一本他的短篇集《麵包店再襲擊》，可惜的是，我那時大概還不到閱讀村上春樹的年紀，讀罷之後對這樣一個作品很「黃」的作家唯有報以「噁心」的評價，從此留下一個不好的印象。

上了大學以後，身邊有個很好的朋友酷愛村上春樹，每隔一段時間就要拿出《挪威的森林》看一遍，書頁都被她翻黃了。我當時對她的這個愛好非常不屑，有一次認真問她：「世上這麼多作家，何以偏偏喜歡村上春樹呢？」她答道：「說不出到底好在哪裡，大概是頗符合現在的心境。再說村上春樹的作品寫得相當深沉感人。」聽她這麼說，我隨手取過她正在重讀的《挪威的森林》，想看看到底是怎麼個深沉法。結果看到的卻是這個：

她在我懷中渾身發抖，不出聲地抽泣著。淚水和呼出的熱氣弄濕了我的襯衫，並且很快濕透了。直子的十指在我背上摸來摸去，彷彿在搜尋曾經在那裡存在過的某種珍貴之物。我左手支撐直子的身體，右手撫摸著她直而柔軟的頭髮，如此長久地等待著直子止住哭泣。然而她卻哭個不停。

我對這個叫「直子」的女孩沒完沒了又莫名其妙的哭泣感到厭煩，覺得她有些神經質。再往下看，便是經典的直子與渡邊的「初夜」描寫。我便更加不懷好意地認為村上春樹不過是博取青春期少年喜歡的傷感黃色二流作家。

我闔上書，問身邊的朋友：「這個叫直子的女孩為什麼哭？」

「嗯，我也不知道，大概是因為她有心理疾病。」

「她有什麼心理疾病？」

「她不知道怎麼得了性冷感。」

「別嫌我說話直，妳喜歡的就是這麼一個性冷感的玩意？」我露出一副難以置信的表情。

「呃……」朋友面露難色，大概是不知道如何向我解釋，「村上春樹的小說不能如此現實地去解釋吧。」

「但無論如何，這些情節也實在有點無厘頭。」

「或許是吧。」朋友不置可否，沒有再回答我的話。

後來朋友在我參加的文學社讀書會上講過一次《挪威的森林》，她認為整本書充滿了隱喻的意味，是在講人與人之間交流和溝通的隔閡。我因為沒有讀過這本書，所以聽得一頭霧水，不過對她所講的理論倒頗感興趣。

我第一次好好讀村上春樹的作品是在研究生一年級時去湖南鳳凰的火車上。

那次我臨時想去鳳凰，沒有買到直達的票，只能先從北京坐火車到長沙，再從長沙轉乘去吉首的火車，到了吉首後再坐一個小時的大巴才能到。從北京到長沙的火車上我看了一路周作人，他那絮絮叨叨又晦澀的語言伴隨著火車上十幾個小時的晃晃蕩蕩，讓我感到一陣眩暈噁心。凌晨四點我到達長沙，在火車站門口的麥當勞吃東西並等候下一趟列車。接近七點的時候我終於登上開往吉首的列車。天氣晴朗，日光充足，窗外一排排的樹林、田園不斷地閃過，滿眼綠意，一派南方的風光。此時我實在無法再拿出過於深奧的書來看——搭火車看周作人實在不是明智之舉。

我打開背包想拿點零食出來吃，卻意外地發現書包裡有一本好朋友落下的村上春樹的小說，《舞！舞！舞！》，好奇怪的書名，一定是朋友上次放在我書包裡忘了拿出來的。無奈此時身上沒帶任何其他消遣類書籍，這本好歹是小說，倒是可以看一看。我抱著這樣的心態準備讀一讀這書，同時想起朋友往常跟我說的話：「妳總有一天會發現他的好處。」

我為什麼突然要到鳳凰去，說起來那原因大概不能稱其為原因。讀研究生的時候我本打算畢業之後去美國留學再讀個博士，一直為此努力來著。我原來的英語基礎非常一般，而且很不喜歡學語言，但為了留學，也苦命地學了一陣子。每天都要花幾個小時背單詞，再花幾個小時練聽力。從帶有美國口音也好、英國口音也好、澳洲口音也好的男男女女口中聽出他們在講什麼，內容無外乎談論學習或課程，再不然就是生物學、建築學、心理學等形形色色的英文講座。我有時無聊起來就一句一句地把那些話聽寫下來，聽不懂就反覆聽，真是毫無意義的慣性勞動。不過這世上什麼都不是白來的，這點我還明白，所以也就堅持了下去。

就這麼學啊學，後來英語總算有了些起色，我便利用寒假的時間申請了一個去美國哥倫比亞大學參加學術會議的機會，也想順便看看紐約到底是什麼樣子。我還記得我坐了十七個小時的飛機到達紐約拉瓜地亞機場，上了計程車之後的心情。那時紐約雖然剛剛下完大雪，到處都是積雪，街道甚至顯得有些髒，但我仍然抑制不住自己激動的心情，心想我終於來到紐約了。此後幾天的遊玩還算順利，我去了每年都發生跳河自殺案的布魯克林大橋、坐船上了自由女神像所在的小島、在中央公園裡散步、在大都會博物館和現代藝術博物館裡拚命記筆記，還買了一張莫內《睡蓮》的彩印掛畫，但之後在哥倫比亞大學舉行的學術會議卻讓人難有好心情。在結束時的晚宴上，哥倫比亞大學的中國學生紛紛告誡我，在美國讀東亞研究的博士前景並不樂觀，畢業的時候很有可能面臨失業，令我大失所望。

回國之後，我前思後想，決定放棄出國留學。不用再每天大量地學英語了，時間一下子空閒下來，我卻感到非常失落。當然，紐約之行也使我感到無論在哪裡生活似乎也難以逃脫無聊和平庸的命運。我想到我今後的生活：畢業，找工作，結婚生子，感到一種窒息般的無奈。我就是在這樣的背景下踏上去鳳凰的列車，想去那裡透透氣。

翻開《舞！舞！舞！》的時候，我的心裡一凜，旋即被其吸引。這篇小說的開頭是這樣的：

一九八三年三月

我總是夢見海豚賓館。

而且總是棲身其中。就是說，我是作為某種持續狀態棲身其中的。夢境顯然提示了這種持續性。海豚賓館在夢中呈畸形，細細長長。由於過細過長，看起來更像是個帶有頂棚的長橋。橋的這一端始於太古，另一端綿綿伸向宇宙的終極。我便是在這裡棲身。有人在此流淚，為我流淚。

旅館本身包容著我。我可以明顯地感覺出它的心跳和體溫。夢中的我，已融為旅館的一部分。

從這個開頭中，我能感受到一種沉靜，而且不是一般的沉靜，是非常悲傷的沉靜、寒冷的沉靜。小說的故事情節我現在已經記不太清楚了，奇怪的是，這特殊的沉靜感卻如同刻在心裡一般，久久不忘。

總而言之一句話，在那趟從長沙到吉首的火車上，這本《舞！舞！舞！》的小說溫暖了我。而且這種溫暖不只是溫暖了當時的我，還溫暖了此前很多年的我，並讓我一下子對村上春樹徹底改觀。

《舞！舞！舞！》小說的主人公是一個為雜誌撰稿的自由職業者。他說自己的工作「和收垃圾、掃積雪是同樣的事，總得有人做，願意也罷，不願意也罷」。那時我突然領悟到，其實人生也是如此，當然無聊難耐，但總得活著，總得做做這又做做那，願意也罷，不願意也罷。我後來又讀了很多村上春樹的小說，看了很多人對他的評論，但還是林少華說的最能把握住村上春樹小說最打動人心的地方——它提供了一種生活模式，一種人生態度，那就是：「把玩孤獨，把玩無奈。較之孤獨與無奈本身，村上春樹所訴求的似乎更是對待孤獨與無奈的態度。」簡單來說，我認為村上春樹承認人生孤獨的本質，卻不怕它，但也不克服它。孤獨來了，聽之任之；虛無來了，一樣還是聽之任之。心裡難受的時候便喝酒睡覺，似乎這樣人世間的冷酷便能挺一挺就過去。從某種程度上來說，這的確可以說是世間的真理。

當時在火車上，我如饑似渴地讀著這本《舞！舞！舞！》，我終於知道朋友為什麼喜歡村上春樹了。抵達鳳凰後，我繼續閱讀小說，保持這種快感。還沒有啟程往回返的時候，我便已將小說讀完。

後來我又陸續讀了《尋羊冒險記》、《海邊的卡夫卡》、《世界末日與冷酷異境》、《聽風的歌》、《人造衛星情人》及《1Q84》，這其中我最喜歡的是《尋羊冒險記》，而唯一一本沒能成功讀完的村上春樹的作品是《1Q84》。此外，我還閱讀了村上的許多本短篇集和散文集，不僅喜歡他的小說，也喜歡他所寫的一切的東西。大概因為它們共同組成了村上春樹自己構築的一個舒適的精神空間的緣故。

村上春樹在我心裡從一個二流的青春傷感小說家變成了我的偶像。讀得越多，我越發覺得他是一個具有國際水準的作家，甚至超越了很多享譽盛名的作家。儘管如此，我對《挪威的森林》這本書依然感到無法理解。

他開頭的感傷、緊接著襲來的壓抑使我無法繼續閱讀下去。村上春樹的大部分小說中的人物都是性格健全、有趣的普通人，唯有《挪威的森林》中的直子是一個特殊的存在。無論怎麼想，我依然覺得這個人物過於神經質了。

我就這麼度過了我的二十三歲、二十四歲，以及二十五歲的前面大部分時間。旅行的時候，村上春樹的小說簡直是佳品。火車上、飛機上，讀一本村上春樹的書，像喝一杯舒心清爽的啤酒一樣令人開心。

但是到了生病以後，有好長一段時間，我無法看任何書，因為覺得任何文字對我來說都是無意義的，相對我的痛苦來說都是不值一提的。

而當我稍稍恢復理性和意志力，又能開始讀書的時候，我驚奇地發現我可以讀《挪威的森林》了。我讀著開頭直子和渡邊談論那口「井」的部分：那口井那麼深，有著「混雜了這世界所有黑暗的一種濃稠的黑暗」，而且沒有人知道它的位置，但它一定是在某一個位置的。以前我讀到這部分的時候總是難以讀下去，覺得不知所云，但這時候再讀，我突然想起朋友跟我說的：這是一本充滿了隱喻的書。於是我突然明白，這裡的井根本不是一口現實當中存在的井，而是生活的殘酷在人心裡留下的黑暗。這種黑暗可以吞噬人心，讓人失去生活的勇氣和意志力，讓人縱身一跳，再也無法從黑暗當中走出來。

小說中的很多人都沒有走出來，木月、直子、初美……不過生活似乎就是如此，如此艱難，你不去戰勝它，它便一點點消磨掉你的意志，把你拉入無邊無際的黑暗之中。

但我之所以喜歡村上春樹也正在於他對生活的這些陰暗總有股韌勁，而且始終與它們保持一種距離。就像渡邊在整個陰暗、低沉、令人悲傷的青春期過程中並非沒有受過傷，他說：

木月死去時，我從他的死學到一件事，而且當作座右銘帶在身上，那就是：「死不是生的對等，而是潛伏在我們的生之中。」的確那是事實。我們活著，同時在孕育死亡。但那只不過是我們必須學習的真理的一部分。直子的死告訴我這件事。不管擁有怎樣的真理，失去所愛的人的悲哀是無法治癒的。無論什麼真理、誠實、堅強、溫柔都好，都無法治癒那種悲哀。我們唯一能做到的，就是從這片悲哀中掙脫出來，並從中領悟某種哲理。而領悟後的任何哲理，在繼之而來的意外悲哀面前，又是那樣的軟弱無力。

人生的淒涼與無奈表露無遺。但渡邊還是要活下去，或者說不得不活下去。他說：喂，木月！我和你不同，我決心活下去，而且要力所能及地好好活下去。你想必很痛苦，但我也不輕鬆，不騙你。這也是你留下直子死去造成的！但我絕不拋棄她，因為我喜歡她，我比她頑強，並將變得越發頑強，變得成熟，變成大人——此外我別無選擇。這以前我本想如果可能永遠十七、十八才好，但現在我不那樣想。我已不是十幾歲的少年，我已感到自己肩上的責任。喂，木月，我已不再是和你在一起時的我，我已經二十歲了！我必須為我的繼續生存付出相應的代價！

儘管如此，直子還是死了。直子掉進了無邊的「井」裡，但渡邊、綠、玲子卻活了下來，而且還得繼續活下去。小說的結尾，渡邊在車站送玲子上車並且吻了她。這個吻代表的不是男女之愛，而是艱難地生活的人對彼此的鼓勵。

《挪威的森林》教會我，人在世上活著必要經受痛苦、黑暗，但仍然要活下去，並使自己盡量活得開心。渡邊邊吻玲子邊說：「我已不再顧忌。我們是在活著，我們必須考慮的事只能是如何活下去。」

村上春樹就是這樣一種存在。大學時我很喜歡的一位老師說現在小資的代名詞就是「村上春樹」、「米蘭．昆德拉」，如果說閱讀村上春樹就是小資，那我情願承認自己小資，因為它的確揭示了人生的本質問題並提供了解決方法。

所以如果說，哪位作家在我抵抗憂鬱症的過程中幫助我最多，那無疑是村上春樹。當然，他對我的幫助不僅僅在於精神層面，還在行動層面。因為村上春樹不僅是一位出色的小說家，更是一個堅忍的運動健將。向他學習不僅讓我獲得思想的力量，更讓我愛上了一種運動——跑步。

村上春樹非常喜愛美國小說家瑞蒙・卡佛，二〇〇七年他撰寫了《關於跑步，我說的其實是……》來向這位過早離開人世的作家的代表作《當我們討論愛情》致敬。

2 大森林

在對抗憂鬱症的諸多方法裡頭，有一類屬於行動派方法，就是說你去做一些事情會對克服憂鬱很有幫助。比如心理學家研究認為，冥想這種行為可以改變人們的思考迴路，從而讓人的思考方式往好的方向發展。就我自己而言，我選擇的是跑步這種既常見又特殊的運動。

以前在學校上學的時候，我也有練習跑步的習慣。我每週會去兩次學校裡的健身房。健身房設在地下，雖然空氣不是很好，但會員費相當便宜，對於當時還是學生的我來說，已經算是「奢侈的享受」了。

每次去的時候都是這樣安排的：先跑步二十分鐘，接下來再在其他的運動機上運動十分鐘，再接下來是上瑜伽課，然後洗澡離開。

在各種課程中，我偏愛瑜伽，到現在仍然如此，喜歡伸展和拉伸自己，喜歡做到極限時的忍耐。我是天生筋骨比較硬的人，十幾歲的時候第一次跟家人去體驗瑜伽課，就發現自己比二十多歲的人還要硬好多。大概我的身體也和我的性格一樣，缺少迂迴。不過自從身體不舒服以來，由於腰部和腹部的不適，瑜伽對我來說似乎顯得有些艱難，至少對某一階段的我來說是這樣，於是我開始尋找新的運動方式。一方面是為了減肥，另一方面也是為了疏通不斷處於煩惱而跳脫不出來的情緒。

此前我對於跑步總是懷著敬畏的心情。儘管我上小學的時候曾經在學校的田徑隊練過兩年，但那時候純粹是好玩，出於自己的愛好。待上大學的時候再跑，發現跑步對成人來說真不是一件輕鬆事。每次在跑步機上跑到二十多分鐘的時候，我就到了極限，說什麼也堅持不下去，岔氣什麼的也接二連三地找上來，身體就越加吃不消。所以我每次只能跑二十分鐘，就得去做其他運動。

那時候我對門宿舍住著一個喜歡長跑的女生，每年都去參加馬拉松比賽，跑的大概是十公里那種短程項目。但我那時對於馬拉松的各類項目不甚了解，單單被「馬拉松」這三個字唬住，覺得：「天啊，她能跑馬拉松該是有多能跑啊！」

和這位同學相比，我甚至都不好意思說自己平時也練跑步。對我來說，連續跑個十公里簡直是無法想像的，很難相信身體能夠承受。

但看過村上春樹的書之後，我對跑步這項運動有了新的理解。

村上春樹說，作為一個作家需要有一種能夠享受孤絕的特點，但這種特點同時是一把「雙刃劍」，「庇護人的心靈，也細微卻不間斷地損傷心靈的內壁」。又說：「這種危險，我們大概有所體會，心知肚明。唯其如此，我才必須不間斷地、物理性地運動身體，有時甚至窮盡體力，來排除身體內部負荷的孤絕感。」

這樣看來，跑步這項運動似乎是把體內的精神毒素排出來的一種絕佳方式。

村上春樹又說：「當受到某人無緣無故（至少我看來是如此）的非難時，抑或覺得能得到某人的接受卻未必如此時，我總是比平日跑得更遠一些。跑長於平日的距離，讓肉體更多地消耗一些，好重新認識自己乃是能力有限的軟弱人類——

從最深處物理性地認識。並且，跑的距離長於平日，便是強化了自己的肉體，哪怕是一點點。發怒的話，就將那份怒氣對著自己發好了；感到懊惱的話，就用那份懊惱來磨練自己好了。我是如此思考的。」

他所說的這些跑步的好處真是太符合憂鬱人群的心意了。憂鬱的我們總是找不到心靈發洩的出口，同時飽受孤獨和不被理解的困擾。而村上春樹提供了一種不必傷害他人也能自我救贖的方式，正像他說的「發怒的話，就將那份怒氣對著自己發好了，感到懊惱的話，就用那份懊惱來磨練自己好了」。看到這句話，我突然覺得跑步是一種多麼有良心和健康的運動，這麼看來，應該人人都去跑步，那社會也許會比現在清淨太平許多。

下定決心之後，剩下的就是技術性的問題了。村上春樹在書中寫，他每天跑十公里，每週跑六天，也就是每週跑六十公里。但對我來說跑三公里都是大問題，怎麼辦呢？後來經過研究，我終於發現了長跑的訣竅，那就是：跑得慢。

對，訣竅就是跑得慢，不要追求速度。以十分鐘一公里的速度進行長跑，就會發現耐力比以前明顯增強了，這樣跑半個小時差不多能跑三公里，我便以三公里為基礎開始了長跑的練習。最初幾次是在住的地方附近進行。每天冷小星還在睡懶覺的時候，我便咬咬牙起床，繞著社區跑半個小時左右。幾次跑下來竟然發現也不是很累，並且還有「繼續跑大概也可以」的想法。

於是我找冷小星談了談，表達了想透過好好跑步來協助治療憂鬱的想法。

「而且我也實在太胖了。」我補充說道。

「沒事，我不嫌妳胖。」冷小星笑嘻嘻地回答我。

我沒好氣地回答：「好吧，是我自己嫌棄自己。」接著又說，「不過你得幫助我！」

「唉，」冷小星撇撇嘴，「我就知道沒好事。怎麼幫妳啊？」

我嘿嘿笑道：「你每週末得陪我一起跑步。」

「不要了吧……」對於「宅人」冷小星來說，這無疑是晴天霹靂，嚇得他一下翻倒在床，不停地扭動，「我……我不太喜歡有氧運動，我在家舉舉啞鈴就行啦。」

「不行！」我早就知道他會這麼說，所以已經準備好了殺手鐗。

「你不覺得你也應該好好運動嗎？再這麼下去不行的。」

「我又不像妳，天天不舒服。」冷小星如此回答。

哼哼，這是要逼我放狠話吧？

我笑瞇瞇地看著冷小星，十分自然、毫不做作、天真無辜地揭露了一個現實：

「可是，你再不跟我一起減肥就會變成大胖子啦。」

我一下子戳中了冷小星的心，他下意識地摸著胸口心臟的位置支吾：「我……我……」

「別忘了你原來只有六十公斤，現在已經快七十五啦，」我心裡冷笑，又補充道，「胖球仔！」

冷小星被我徹底打敗，「痛哭流涕」地答應一定要好好減肥。技術準備完畢，同伴準備完畢，至於裝備，我和冷小星從網路上買了寬鬆的運動褲和便宜跑步鞋，我的是淺粉色的，他的是深紫色的，色系差不多，勉強能湊成情侶鞋，我們覺得蠻美的。而場地，我們選擇了據說是北京最高級、專業的全民運動基地——被稱為「跑步者天堂」的奧林匹克森林公園（簡稱奧森公園）！

第一次去奧森公園，「宅人」冷小星大開眼界，說：「這裡真不錯呀，妳看有好多樹。」走了幾步又驚呼：「哎呀，這裡還能騎雙人腳踏車呀！」

我像哄孩子一般拉著他往前走，並且提醒他：「我們等一下再玩那個，先把主要的事做了，我們先跑步吧！」

冷小星不情願地跟我在奧森公園專業跑道的起點處做了熱身操，接著跟我一起跑起來。我第一次嘗試跑精確的五公里（奧森公園鋪有三、五、十公里的專業跑道），刻意把速度放慢，可是冷小星一邊跟著我跑一邊埋怨：「哎呀，妳跑得也太慢了！」

我一邊慢跑，調整氣息，一邊解釋：「跑得太快後面會沒有耐力的。」

「但妳這也太慢了，跟走路差不多。」

「你要是覺得我跑得慢，可以往前跑，不用等我。」

冷小星點點頭，於是大步伐地跑到前面去了。我則默默地跟在後面。

跑到一點五公里處，身體還沒有特別困難或疲勞的感覺。冷小星和我的距離逐漸拉大，跑道兩側的風景也逐漸變得沒有那麼熱鬧，而被靜靜的湖泊和荒涼的樹林取代，好在跑道上有許多跑步的人，運動的氛圍並沒有因此減弱。

我一邊繼續跑著，一邊望向冷小星的方向，他已與我拉開差不多兩百公尺的距離，轉過一個彎道之後，我便看不到他了。一開始我還努力跟上，心想總不能落下太遠，好歹兩個人一起開始跑得一起結束吧，後來看不到冷小星，我索性也就不追他了，決定還是按照自己習慣的節奏來，自己跑得舒服就行。不過也不禁感慨，身體好就是不一樣，冷小星平時從來都不運動也能跑得比我快呀！不禁對他刮目相看。

我按照自己的速度和節奏跑著，盡量保持均勻的速度，保持呼吸的暢通。我發現在奧森公園跑步距離似乎要比我預想的更遠：跑到兩公里的時候我感到有點驚訝，因為從身體的反應來看很像平時已經跑到三公里的感受，看樣子要比平時有更大的決心和耐力才行。

跑到三公里時，人漸漸又多起來。那裡有一個上坡，跑起來有些吃力，而我的身體也逐漸逼近極限。這時我遠遠地看到冷小星跑在前面，看起來跑得也很累。我調整呼吸，告訴自己，只要堅持去跑，很快就可以跨越這次極限，之後身體就會適應更長的距離，變得舒服起來，這是跑步的規律。於是我加深呼吸，將步伐變大同時也變得更慢。雖然仍然不舒服，但至少可以逐漸忍受了。

我超過了身旁一起奔跑的人——有些人因為身體不適大幅地放慢了速度。我和冷小星的距離也逐漸縮短，看來他也到了身體的極限。我本想從後面跑到他身邊，給他來個驚喜，但在我距離他僅僅幾步之遙的時候，他忽然停下來，在路邊彎著腰呼呼地喘氣。他放棄了跑步，我則輕鬆地超越了他，並向他報以勝利的微笑，嘿嘿。

超過冷小星之後，我本以為他很快就會追上來，但又跑了一公里他還是沒有出現，回頭望望也沒有發現他的身影。此時我的第一個極限帶來的不適感還沒有完全消除，卻又迎來了第二次極限。這次的反應是胃十分劇烈地痛起來。之所以出現這種反應，大概也跟我自己胃不好、氣血不夠暢通有關，好在疼痛尚可承受。我再一次放慢腳步、加深呼吸、跟隨自己身體的擺動。

四公里到四點五公里處有個下坡，跑起來比較舒爽，沒想到跑過之後很快就越過了四點五公里的標誌，只剩下最後的五百公尺。我一鼓作氣，沒再管什麼胃痛不痛、身體舒服不舒服，加速跑起來，準備來個衝刺。加速之後我盡量保持，同時心裡鼓勵自己：再怎麼不舒服，反正這一切很快就要結束了。就這樣，我終於堅持跑過了五公里大關，算是繞著奧森公園跑了一整圈。

跑完之後我在入口處的小廣場來回走了幾圈，一邊做伸展運動一邊等著冷小星。之後我到跑道起點處的準備區域拉筋，此時冷小星還沒回來。我一邊拉筋一邊和在旁邊一起拉筋的專業跑步人士聊了起來。

專業人士是一個小隊，大家一起跑步，聽他們說他們每週來跑二至三次，每次跑二十公里。我說：「哇，你們好厲害！我跑了五公里就已經累得不行了。」

旁邊一個穿著超緊身運動短褲的大姐跟我說：「我也是菜鳥，每次只能跑十公里，而且跑得非常慢。我跑十公里的時間他們都跑完二十公里了。不過只要堅持，慢慢地就能跑下去了，也不像以前那麼累了。」

我聽大姐這麼說，也有了信心，心想將來等我把五公里跑熟練了，也可以逐漸嘗試跑十公里呢。

大家聊得很開心，我拉筋也拉得十分勤奮。到了這時，冷小星還沒跑回來，我漸漸有點擔心。大概又過了差不多十分鐘，我才遠遠看到冷小星從跑道處悠悠哉哉地走來。看見我之後，冷小星說的第一句話是：「這個公園真大，我迷路了。」第二句話是：「妳真能跑！我跑得都快死了。」對他說的第二句話，我表示很滿意也很自豪，順便嘲笑了一下他的耐力不足。

接下來，為了慶祝我們順利完成，我們到附近的一家麥當勞喝飲料，並在露台上吹風。之後的下午我和冷小星回家睡了一大覺，兩人都腰痠背痛腿抽筋。

不過，到了第二個週末，我們還是從床上爬起來又去了奧森公園。

就這樣，我們基本上每週末都去奧森公園跑一次步。奧森公園的魅力在於它景色豐富，跑起來不會覺得單調。而且公園鋪有標識清楚的跑道，不必擔心距離的問題，不用去管時間，儘管跑下去就好。有時候跑完步，我和冷小星會去旁邊的新奧廣場大吃一頓或看場電影，或去天虹大超市進行採購。這完全可以當成週末娛樂的一個不錯選擇。

後來我基本上每週都可以完成五公里，而冷小星也逐漸適應了三公里的距離，剩下的兩公里他基本上就散步。幾個月下來，雖然身體還是不適，不過我連跑步帶按摩，輕輕鬆鬆減下了五公斤，重回瘦子的行列。而冷小星同學不幸地一點都沒減下來……更重要的則是，藉由運動，我找回了對自己能力的一些信心，覺得自己似乎也可以完成一些事情了。

村上春樹曾經說過，長期跑步的人大概都不是為了長壽，他們是那種追求「既然活著就應該活得好」的人，是希望「在自己力所能及的範圍之內，盡力挖掘自己的潛能」的人。村上春樹認為這是「跑步的真諦」，也是「生活本質的隱喻」。從某種程度上來說，為了抵抗憂鬱而開始跑步的我，也漸漸理解了他說的話。

3 愛情心理學

有人說愛情是一場兩個人的戰爭，比的是誰的心理強大。你的心若先淪陷、付出比對方多，那就是敗局已定，坐等苦果。此言得之，對於兩個水瓶座人士的愛情來說尤其如此。遺憾的是，戰爭未開始我便已經為對方傾了國又傾了城，未先發聲便已輸了一程了。

也有人問我，妳已得到心上人，為何還如此苦不堪言？殊不知想得到而得不到是一種苦，得到了之後天天患得患失是一種苦，而兩人若是風馬牛不相及、價值觀不同還都是死撐到底的性格那更是另一種難以言表的苦。

冷小星同學是那種外表溫和、內心冷漠的人。換句話說，他雖然日日與我待在一起，但內心卻重重設防。雖然他表面上笑嘻嘻的，但心裡想什麼絕對不會跟別人講，平日也不會主動展現溫情的一面。我有時問他：「你對人生怎麼看？」

冷小星閉上眼睛，露出一副陶醉的表情：「我小時候常常坐在我家的陽台上晒太陽，或是聽窗外下雨的聲音，我就感覺吸進去的空氣非常涼爽清新，我覺得那就是我的世界。而你們北京亂糟糟的。」

「噗……」對他略顯矯情的理想主義我只能報以嗤笑。

我問他：「你可知這個世界上有許多苦難？」

他回答：「那些不過是你們所想像的，是你們把事情想得過於複雜了。」

我搖搖頭，不再說話。對於一個不知痛苦為何物也不願意去了解苦難的人，你還能對他說什麼呢？

冷小星還有一種價值觀，他認為金錢和高科技可以解決一切問題。冷小星是個極端自負的人，他的夢想是用高科技造一座城。也就是說，在他心裡，他想自己造一個世界然後成為那個世界的王。而我非常厭惡這種沒來由的自負和驕傲，我也非常討厭用什麼高科技來取代自然的事物。在這方面，我是徹頭徹尾的自然主義者。

除此之外，冷小星還是個未來主義者，這也與我不同，舉個例子，比如：對於我自己的憂鬱問題，我認為如果現在無法解決身體不舒服的情況，其他無論是什麼，都很難發展下去。但冷小星不這麼想。相對於現在而言，冷小星更看重未來，說什麼也不能為了現在的問題而放棄對未來發展的追求。所以，當現實和將來的利益發生嚴重的衝突時，冷小星的辦法，也是絕招——拖延！

我說哎呀我好不舒服，冷小星說：「哦。」

我說我想去看醫生，冷小星說：「那妳就去看吧。」

我說我找不到合適的醫生，你能陪我去嗎？冷小星說：「可是我公司有事情耶。」

我說那我找到醫生你能陪我去嗎？冷小星說：「呃……要不妳先別去看病了，試試食療食補？」

於是，我本身就難受得死去活來，現在更是被氣得半死。

有時候我覺得冷小星就像是《來自星星的鄰居》[2]裡的那些外星伙伴，披著人皮，但內裡是綠油油、長著禿腦袋、冷漠、毫無人性的外星人，因為他實在是不懂人情世故。每次和我家人吃飯，冷小星必然會因為挑選衣服和弄頭髮而遲到，我則穿著鞋、背著包，坐在門口的椅子上冷眼等他。好不容易到了約好的飯店，冷小星便開始埋頭吃飯，連跟其他人寒暄一下都沒有，每次還得我八十多歲的爺爺、奶奶訕訕地找話題來說。每當這時候我就想指著冷小星大罵：「你以為你是誰啊！」

生活總是與想像的不一樣，的確如此。所以在實際當中，真正常常指著對方大罵「你以為你是誰啊」的人反而不是我，而是冷小星……估計在他心中，我同

2《來自星星的鄰居》（The Neighbors）是一部生活類爆笑美劇，講述了在一個叫做秘丘（Hidden Hills）的社區當中，一個普通的美國家庭和他們的外星鄰居的故事。

樣是一個類似外星異類的弔詭存在。兩個人不合的話，肯定得有一個人懂得妥協和包容，無奈我們都不是這種人。

種種不合和矛盾，最終迎來了大爆發。

我還記得那天我早早吃完了食之無味的晚餐：用青菜煮的湯（天知道我一個北方人的胃用了多久才適應他們南方人飯前先來一大碗湯的習慣，最初的幾個月我幾乎天天胃痛），用油煎的魚，用生抽做的肉（不知道是什麼肉，不過無論是什麼肉，反正都是這個做法）以及每天都吃的清炒的（並且是炒爛了的）同一種蔬菜。冷小星來自神奇的海南，海南地區物產豐富，但是直接導致了一個問題就是海南人完全不會調味，因為在海南，人們只要把從海裡打撈上來的魚煮一煮、煎一煎就可以了。所以冷小星家的菜大概一共就那十幾樣，反反覆覆吃。

最開始的時候我還有意識說每天吃的東西都差不多吃得我快不行了，但是到後來我已經沒有感覺了。反正就是食之無味，因為一旦用北方人講究味道的舌頭去評判，這飯就吃不下去了，索性麻痺自己的舌頭好了。

吃完這頓飯之後，我像往常一樣胃脹氣不舒服，我在冷小星家裡走來走去，想找一個稍微舒服一點的地方待一下，結果發現一個舒服的地方都沒有：冷小星家的餐椅是木頭的，而且和餐桌的高度配合得一點都不好，無法長時間坐著；他家沒有正式的沙發，看著像沙發的那一排東西實際上是一張沙發布包著的椅子，又硬又小，外面包著的沙發布是彩虹色的，說是給幼稚園小朋友坐的絕對有人相信；這也就罷了，好在冷小星家有軟椅子，可惜而又在意料之中的是，椅子的靠背十分後傾，無法托住坐在上面的人的腰和後背，設計十分不符合科學原理；最後，冷小星家的床沒有床頭，無法放著靠墊靠在上面。這直接導致我經常在冷小星家躺著，因為真的沒別的地方可以待。一個人長期躺著，就算不得半身癱瘓，估計整個身體也不怎麼好使了，這就是我的現狀。

有時候我想設計這房間擺設的人到底是要考驗誰啊？莫非以前的人為了讓自己變得不屈不撓，都要在家裡弄這些東西來鍛鍊自己的意志不成？

我百思不得其解又感到苦不堪言。作為一個二十多歲的姑娘，腰僵硬得還不如上了年紀的老頭、老太太這合適嗎？每次蹲下去再起來膝蓋都咯吱咯吱響這合適嗎？想到這裡，我大聲把正在另一個房間玩 X-box 的冷小星叫過來。

「哎，妳快來一起玩，我新買的這個遊戲畫面感真是太好了，讓人想死的心都有。」

我直接打斷這種每天都出現的沒有意義的話題：「那個什麼，我很不舒服，可是你家連個舒服的地方都沒有。」

「啊？妳要是不舒服就在床上躺著休息啊。」

「我已經躺了一天了，躺得我渾身痠痛。」

「那妳來客廳跟我一起打電動吧。妳知道嗎，我新買的這個遊戲畫面感真是太好了，玩起來超棒。」

這個人還真是三句不離本行呢……

「可是我胃脹氣，導致我腰很痛，需要個舒服的地方待一下。但你家的椅子不是太硬就是沒辦法靠，也沒有沙發，也沒有床頭，我長期在這種地方待著身體都僵硬得不行了，就是沒病都弄出病來了。」

冷小星皺著眉跟我說：「唉，妳不覺得妳這個人太挑剔了嗎？我天天已經夠盡心盡力地照顧妳了，妳怎麼還那麼多事？」

「喂，我這不是挑剔，我只是在闡述一個事實好嗎？」我理直氣壯，根本不覺得自己有什麼問題。

「可是我家不是年底就要搬家了嗎？到時候買舒服的床、舒服的沙發、舒服的椅子不就行了嗎？」

「可是現在才年初，距離年底還有好長時間好嗎？」

「喂，妳說話的時候別老像個土匪似的行嗎？到底是不是女的呀？」冷小星瞥了我一眼，一副不耐煩的樣子。

我知道，只要一談論到關於他家的什麼事，他就莫名其妙地火大。在他心裡，無論他家有什麼問題，都不能說。當初我跟他說關於飯前喝湯傷胃的時候他也是這副表情，真是再熟悉不過了。所以看到他這個表情，我就自然地肝火上升，心火也旺。他既然說我不像女的，我也沒必要再矜持了。

我冷冷地說：「你給我出去！」

我看到冷小星的臉由白變紅，又由紅變成鐵青。這次他一屁股坐到床上，直接躺下一動也不動。我過去叫他：「喂，你沒聽見我剛才說的話嗎？麻煩你出去，讓我一個人靜一靜。」

「我才不出去呢。」

「你不是在玩 X-box 嗎？繼續出去玩啊。」

「我不想玩了。」冷小星把臉埋在枕頭底下，我有時候覺得他的某些姿勢像是猶在深閨的少女，相當扭捏不成熟。

我爬上床，一邊推冷小星一邊繼續催促他：「唉，你出去待一會兒行不行？」

冷小星把臉轉過來：「我在這裡待著礙妳什麼事了？」

我回答：「礙我事了。因為我看見你就很煩。」我眉頭一挑，故意做出一副滿不在乎的樣子。

冷小星一把抓住我的下巴，用手擠住我臉上的肉：「喂，我告訴妳，妳別不識好歹聽見沒有？這是我家、我的房間，妳憑什麼讓我走？」他的眼睛瞪得老大，另一隻手不停地在握緊，每握緊一下，就聽見骨頭在響。

以前我看過一個介紹老虎的自然節目，裡面說很多野生老虎在打架前都會有一段對峙的時間，老虎們互相咆哮，用爪子做出撲食的樣子，膽子小的老虎若在這個階段有所退縮，後面想取得勝利的可能性幾乎為零。我看到冷小星的這個舉動就想起了那些臉上帶著黑色斑紋的老虎，覺得他跟那些老虎沒什麼區別。冷小星大概進化不完全，還沒有完全去掉身上的獸性。

「請你滾出去好嗎？」我氣勢依然不減地說。我最討厭男人這樣逞威風，還當這是原始父權社會嗎？

冷小星「哈哈哈」笑起來，就像電影裡那種喪盡天良、失去理智的大壞蛋那樣笑，讓人聽著毛骨悚然，不過我外表上仍然強裝鎮定。

冷小星使勁甩開我的肉臉，一板一眼地跟我說：「妳讓我出去是吧？可以。不過我出去了就不會再回來了。另外，妳今天晚上睡完覺明天就從我家滾出去吧，好嗎？我實在是受不了了，算了。」說完他跳下床往門口走。

他這話是什麼意思？這是要分手是嗎？

我也跟著跳下床，想要拉住他問個清楚。但由於過於著急，動作用力過猛，身體的重心有點後仰，我抓住冷小星的衣服後就往後摔了一下，只聽「嚓」的一聲，冷小星的法蘭絨襯衫被我從上到下扯開了一個大洞。

冷小星暴跳如雷，我還沒來得及跟他解釋一句，他一巴掌拍在我的頭上。我本來就重心不穩，被他這一拍，一下子被拍倒，頭磕在床角上。我眼前一黑，感覺有點喘不過氣來、有點頭暈，接著一陣血腥味飄來，我就失去知覺了。

十分鐘之後我醒過來（幸虧不是十年之後），我躺在床上，身上蓋著被子。冷小星跪在床的角落裡低著頭。我清了一下嗓子。冷小星看見我醒了，趕緊爬過來問我怎麼樣了。

我第一句問他：「我昏睡了多久？」

冷小星小聲回答：「大概十分鐘吧。」

「真的嗎？不是十天？」

「不是不是。正準備看妳醒了沒有，要還不醒就帶妳去醫院呢。」

我呼呼喘著大氣：「有你這樣的人嗎？啊？我昏過去了你不是應該趕緊送我去醫院嗎？我要昏睡了十分鐘直接死了怎麼辦？」

冷小星趕緊用手輕拍我的胸口：「妳別生氣啊。還不知道妳腦子有沒有摔出問題來，妳現在生氣不好。我剛才打電話給我爸媽了，他們說要是妳一下子後能醒應該就沒事。妳要是不放心的話，我現在再帶妳去醫院看看。」

「你腦子才有問題呢！」我試著用手摸了摸腦袋，能摸出來鼓起了一個大包。我把手拿下來，奇怪的是並沒有血跡。

「喂，我有沒有流血？」

「沒有流血。」

「胡說，我剛才暈倒之前明明聞見一股血腥味。」

「真的沒有。」冷小星趕緊拿了一面鏡子給我，我一看果然沒有血，只是鼓了一個包，非常痛。

「我告訴你冷小星，沒有流血有可能是受了內傷，搞不好明天我就癡呆了或者半身不遂了，那都是你害的。」我雖然覺得應該沒什麼大事，但心裡仍然忍不住憤憤不平，忍不住要罵冷小星幾句。

「我錯了，小西子，」冷小星撲上來抱住我，「妳不要怕，妳要是半身不遂了，我不會拋棄妳的，會好好伺候妳的。要是妳癡呆了，我就每天餵妳吃飯。」

我一把推開冷小星：「你走開，我覺得你很噁心，不想理你！你想得還挺詳細啊，是不是天天盼著我有這一天啊？你以為你每天餵我吃飯就能彌補我得了癡呆對我造成的傷害嗎？」

「不是不是，我不是這個意思。小西子，妳別生氣啊，是我不會說話啊。」

冷小星跪在我旁邊，一邊哄我一邊輕輕摸著我的頭髮。

我半天沒吭聲，觀察著冷小星。他跟十分鐘之前相比像是變了一個人，或者說十分鐘前的那個人一點也不像他，簡直就是喪心病狂。

我問他：「你剛才為什麼要那樣對我？」

冷小星支吾半天，終於說：「我也不知道。當時大腦好像不受控制了，看到妳那麼囂張我就覺得特別受不了。妳還把我的衣服撕壞了，那件衣服是我姐姐買給我的，很貴呢。」

「我在你心裡連件衣服都不如是嗎？」

「不是不是。但我就是特別看不慣東西被弄壞，在心裡我就希望每一件我的東西都是完美的。」

「你別找藉口了行嗎？說白了就是我在你心裡還不如你的一件衣服重要。你簡直就是變態！」

「是嗎？」冷小星愣愣地問我，「那如果是我把妳的東西弄壞了，妳也不在意嗎？」

「廢話！到底是人重要還是東西重要啊！你知不知道你剛才的舉動我是可以去告你故意傷害罪的？」

「嗯，我也不知道是怎麼回事，我有時候就會這樣，特別生氣，就像變身一樣，特別有破壞力。」

「那你事後不會後悔嗎？」

「會啊。不過事後雖然會後悔，但當時還是忍不住那麼做。」

「你這是有暴躁傾向吧？」

「難道不是因為妳做得太過分了嗎？」

「不是！」我大吼，覺得這個人簡直無可救藥，「我根本就沒對你做什麼過分的事。我撕破你的衣服是因為我重心不穩不小心撕壞的。再說不管怎麼樣你也不應該那樣推我！」

冷小星一下子沒了氣勢：「好吧，是我不好。」

「冷小星，我覺得你是一個很自大、很狂妄的人。你雖然平時對我比較溫和，但那都是你心情好的時候。你本質上還是一個很自我、很自私的人。這也是我們一直都相處不好的原因之一。你今天把我弄傷了，我非常心寒。我都不想和你在一起了。」

「小西子，妳別這樣，我錯了。」

「可是，」我非常嚴肅地看著冷小星，「這種事，有一就會有二。我們這樣相處下去不行，誰知你會不會哪天把我推倒摔死。你自己又不能控制你自己。」

「那妳說怎麼辦？」

我沉默了好久，說道：「去看心理醫生吧，我們兩個都看。我治憂鬱症，你治躁鬱症。」

這時距離冷小星宣布我得了憂鬱症已經過去了一年。我這才發現有病的人不是只有我一個。常說人在愛情中特別容易變得神經質，也許不是變神經了，而是兩個人走得太近會暴露彼此內心最隱祕的東西，包括好的，也包括壞的。冷小星大概從小被家裡慣得不懂得如何控制自己的情緒，或者是他小時候遇到過什麼事導致他人格分裂也說不定。

已經患了憂鬱症一年的我，和剛剛被懷疑有躁鬱症的冷小星，準備一起去看心理醫生，看看有什麼科學的辦法來解決我們的問題，讓我們能繼續走下去。

不過令人感到愉快的是：有病的終於不是只有我一個了！說這話似乎有點幸災樂禍的意思。不過這麼久以來我想明白了一件事：重要的不是心理是否有「病」，而在於我們如何面對和看待它們。

4 心理諮商和關於「放棄」

此刻我和冷小星正在東直門附近的一家心理諮商工作室的接待客廳裡，默默坐著。他正在玩著手機裡的遊戲，我則正在發呆。東直門是個很特別的地方，它屬於北京的中心區，然而卻是個正在衰落的商圈。它的四周有像銀座和東環那樣的外資購物中心，不能不說高級和有風格，但總給人一種稀稀落落、冷冷清清的感覺。很多各式各樣的場所隱藏在這種疏離的表面氛圍之中，這家心理諮商工作室便是其中的一家。

北京很多私人心理諮商室都開在國貿、大望路一帶的各種 SOHO 裡，但那些工作室看起來都像是為了那些每天工作壓力很大的白領女性準備的。和心理醫生聊聊，嘗嘗工作室準備的飲料和餅乾，便可以消除一部分整個星期以來的疲憊而輕鬆起來。我並不是對這種工作室抱持鄙夷或嘲笑的態度，並不是，白領女性當然有權利獲得愉快的心情並把它們投入到生活當中去。如果可以的話，我也願意一邊做著心理治療，一邊每次嚐嚐新口味的餅乾。只可惜，這種心理諮商室的消費實在是太高了，根本不是一個普通「學生黨」和一個已經工作了的「摳門黨」可以接受的。所以我們只能選擇這家實實在在的乾貨型心理諮商工作室。

說它是乾貨型工作室，是因為這裡除了做心理諮商必須要有的設施之外，其他任何不相關的東西都沒有。沒有點心，沒有咖啡和紅茶，沒有鮮花，沒有氣派的大沙發。每個診間裡面放著幾把相對來說比較舒服的椅子，其中有一兩間裡面有臥床，用於催眠。工作室藏在一個居民社區的大樓裡，就是用一個正常的家用三居室改裝的。周邊環境也很家常，甚至顯得有些簡陋。

我和冷小星在做心理治療之前在一家粥麵館解決了晚餐，那是工作室到地鐵站中間唯一的一家餐廳。我點了一個羊肉泡饃，冷小星則選了油潑麵。剛出鍋的麵蒸騰出的熱氣，似乎能驅走部分的寒冷，然而一切還是顯得那麼百無聊賴。

在這種氛圍下，我和冷小星想不嚴肅地對待心理治療也不行。如此樸實的環境讓我們不得不直視我們在解決自己心理問題的現實。

「請問你們為什麼來做心理諮商，想解決哪些問題？」我們第一次來的時候，負責接待的年輕女性這樣問我。她穿著湖藍色的高領毛衣，披著長髮，一副老師的樣子。

「戀愛問題。」我回答。

「戀愛問題？」

「啊，不是，是她心理有點不正常。」冷小星如此糾正我的答案。

「而且他有躁鬱症。」我也不甘示弱地補充道。

「哦……」高領老師有點無語，一邊幫我們記錄，一邊又問：「那你們是要分別做治療，還是一起做？」

「一起做。」這次我們倒是異口同聲，不過心裡打的主意可不一樣。我是希望借醫生的口讓冷小星學會如何對待我這樣的心理病人，而冷小星呢？要是讓他一個人去做心理治療，他恐怕只會支支吾吾，說不出自己的心裡話。而且他也不願意單獨做治療，那等於承認他也是一個心理病人了，他可不這麼覺得。

幫我們做心理治療的醫生是畢業於北大心理學系的一位行為系博士。所謂行為系，主要是從認知心理學發展而來的一套方法，強調透過實踐和行為而非談話來改善心理狀態，主要利用客觀而非主觀手段來進行治療。不過我們的主治醫生第一次為我們治療時卻無法發揮自己的專長，因為我和冷小星的第一次心理諮商變成了一場「抱怨大戰」。

「妳覺得自己有心理問題嗎？」醫生問我。

「有。我總是特別焦慮、缺乏安全感，而且我的身體不舒服好長時間了，我對這件事非常擔心，感覺自己什麼都做不了，這嚴重影響了我的日常生活。」我這樣回答。

「怎麼會嚴重影響妳的生活呢？因為我覺得妳看起來和其他人一樣，並沒有什麼異常。」

「比如說我肚子難受的時候，我就會覺得僵硬或是堵，這個時候我就沒辦法坐著，因為會不舒服，所以我常常就坐不住。但我需要做的很多事情又恰恰是需要坐著完成的，比如看書啊、寫東西啊什麼的。」

「哦。那麼你呢？你覺得自己有什麼問題？」醫生又轉而問冷小星。

「我啊，我覺得自己其實沒什麼問題……」

我轉頭瞪著冷小星，就知道他是不會承認自己的問題的，別看在家裡說得那麼好聽，一旦在陌生人面前就完全不是那麼回事了……

冷小星應該感覺到了從旁邊射來的犀利眼光，於是又改口道：「我就是有點控制不住自己的情緒，愛發脾氣。」

「他特別衝動易怒，一旦發脾氣就跟變了一個人一樣。」我跟醫生這麼說。

「但都是她逼我的，她有時候特別能把人逼到角落。」冷小星一定要把責任推給我。

「哦？她是怎麼逼你的，能不能說說？」醫生問冷小星。

「她總是處於一種無解的狀態。就是她的問題永遠都解決不了。比如說她之前寫學位論文的時候，她就覺得自己的身體狀態沒有辦法完成論文。我說不要寫得那麼認真，把對自己的要求降低一些，她就說不行；我說我幫她寫，她也說不行；我說那妳就按照要求去寫吧，她就說她那段時間經常熬夜都快死了，就是這麼無解。」冷小星終於啟動了吐槽狀態。

「是這樣嗎？為什麼會像冷先生說的這樣？」醫生眨眨眼問我。

我不得不一一解釋：「不是說我不能降低對自己論文的要求，我其實已經降低了。但是我們系的學術要求本身是很高的，而且我們專業又是我們系學術要求最高的專業之一，如果寫得太差是根本畢不了業的。事實上直到答辯之前，我的導師對我的論文還是非常沒有把握的，好在最後其他幾位老師對我的論文評價還不錯，這才順利拿到學位。而且撰寫論文本身需要大量的閱讀和邏輯感，沒有訓練過是很難完成的，所以我才說他幫不了我。最後，我每次熬夜過後，腰都會非常痛，肚子也很容易不舒服，可是他家卻沒有一把舒適的椅子可以坐，而且我每天還要完成很大的論文工作量，確實是非常痛苦的。」

「對，她非說我家沒有舒服的椅子！」冷小星搶著說。

「對妳來說什麼是『舒服的椅子』？」醫生問我。

「首先椅子要和桌子的角度配合，不要太高也不要太矮，尤其是不要太高，因為我無法彎腰彎得那麼深。其次椅子必須要對我的腰有一個支撐，不然坐的時間久了我的腰會支撐不住。但他們家的椅子不是太硬，就是沒有支撐。」

「你說她的要求高不高？」聽完我說，冷小星趕緊問醫生，希望獲得認同感。

沒想到醫生推了推自己的眼鏡，對冷小星說：「我想鍾小姐看起來似乎是很多事情處於你剛才說的『無解』的狀態，不過這是因為她其實早在我們給出建議之前就把這些辦法想過一遍了，甚至可能比我們想得還要周全。但是在她這裡，她覺得這些辦法都行不通，而且她的這些『行不通』其實都是有她自己的原因的，雖然這些原因我們不能理解，但對她來說的確是『不能解決』，而不是『不願意解決』。所以我們不能說鍾小姐沒有努力，我相信她肯定也很希望能找到出路，比我們任何人都更想去解決她自己的問題，因為最痛苦的人肯定是她自己。畢竟她身體不舒服帶來的那種痛苦只能她自己去承受，別人很難想像也無法替代。」

醫生的這一番話說得相當冷靜、理性，卻讓我感動得差點要飆淚。

冷小星聽到醫生的話傻了眼。他原本想要借醫生的口來攻擊我，卻反過來被醫生教育了一頓。

他不甘心：「可是她這個樣子讓人很受不了。」

「所以你就動手打人嗎？！」我實在是受不了他一直說我的問題而絲毫不說他自己的。

「打人？」醫生用一種意味深長的語調問我們，同時用眼睛盯著冷小星。

冷小星使勁瞪了我一眼。是那種相當怨毒的眼神，彷彿我做了什麼不可饒恕的事。我很討厭他這樣。我們來這裡看心理醫生究竟是為了什麼？不僅僅是為了幫我解決問題，也要解決冷小星躁鬱症的問題，可是他卻一直在轉移話題。

「怎麼，這不能說嗎？」我冷冷地問他，「難道我們來不是為了幫你解決你躁鬱症的問題嗎？不是為了解決你一發脾氣就無法控制自己的問題嗎？」

「妳別說了行嗎！」冷小星提高了音調，「我們來這裡主要是來幫妳解決問題的，我的問題是次要的。」

「誰說你的問題是次要的了？你的問題已經嚴重影響我的情緒了。我的病的治療需要保持一個穩定的心態，但你的行為讓我無法做到這一點。」

「妳應該考慮的是妳為什麼無法保持穩定的心態！」

「為什麼呀？為什麼呀？」我逼問他。

「因為妳有神經病。」冷小星大聲地說，「妳的這裡有問題。」他用手指指自己的腦袋，同時用一種「誰怕誰」的眼神看著我。

我知道他又陷入無法控制自己而無所顧忌的境地了，或者不是他無法控制，而是他不想控制。在心理醫生面前他居然這麼說我，我的淚水在眼眶裡面打轉，但是我告訴自己不能哭。

「請等一等。」醫生打斷了我們的爭吵。我們都轉頭看著他。

「希望你們兩個不要在這裡吵架，因為這毫無意義，無法解決你們的問題。」醫生用略帶嚴肅的口吻跟我們說，然後他問：「我能不能單獨和鍾小姐談談？」

「當然可以，本來也是給她看病。」冷小星一副得逞了的樣子。

「不好意思，」我盡量用客氣的語調問醫生，「請問為什麼是和我談而不是和他談呢？」

「我理解妳的擔心，不和他談並不代表他沒有問題。不過他主觀上並沒有因為他的問題而受到困擾，但妳所遇到的問題卻讓妳難以正常生活，所以我認為應該首先幫助妳。」醫生的回答讓我心裡好受了許多。

接著醫生請冷小星去客廳等我，醫生關上門，重新回到他的座位，繼續進行針對我個人的治療。

「他經常打妳嗎？」這是醫生關心的首要問題。

「沒有沒有，就有過一次。他生氣的時候推了我一下，我的頭撞到床角暈過去了。不過他平時生氣、發脾氣的時候就不管不顧的，就像您剛才看到的那樣，會說很多傷害我、讓我不能接受的話。」

「嗯，我了解。妳覺得妳對他的態度或者說你們兩人之間的關係有什麼問題嗎？」醫生一邊在自己的本子上記錄一邊問我。

「我覺得我太依賴他了，但有時也會怨恨他。」

「為什麼怨恨？」

「我總是覺得我得這個病和他有很大的關係。」

「哦？怎麼講？」

「我這個病是因為我有一次和他夜裡出去玩的時候受了寒。當時我們本來可以在室內待著，但他很怪，想跟我說話又不願意在咖啡館說，怕別人聽見，於是就拉我到了室外，一直待到夜裡三四點。而且後來我也總是覺得他對我冷冷的，不夠關心我。」

「可是我相信冷先生當時帶妳去室外並不知道會因此讓妳生病，他肯定不是故意的。」

「我知道他不是故意的，但這件事我還是覺得和他是有些關係的。而且自從我生了這個病，一直治不好，我原來的生活計畫全都被打亂了，我的生活變得特別困難。我從來沒有覺得有什麼事是這麼難以跨越的，好像再也過不去了一樣。」

「當然，肯定是和他有些關係的。但是他自己怎麼說呢？他覺得這件事和他有關嗎？」

「他覺得這事跟他一點關係都沒有，這也是我一直很不高興的地方。再怎麼說我也是跟他一起出去玩的時候生的病，而且這個病對我的影響那麼大，讓我幾乎無法正常生活，每天都被病痛所折磨。作為一個男生，他怎麼可以說這個病和他沒有關係……」我說著說著有點傷心。

「但妳要明白妳是無法去左右和勉強他的想法的。你們兩個人從小的生長環境完全不同，受的教育也不同，可能在他看來這件事就是和他沒有關係。關鍵的問題是，他現在就是這麼覺得了，那妳能不能接受？」

「我當然很難接受。」

「為什麼很難接受？」

「因為我想讓他幫助我。因為我的病雖然有了一些好轉，但我還是經常很不舒服。可是我自己能想到的治療辦法我都用過了。我看過西醫也看過中醫，扎過針灸按過摩，可是效果都不明顯。所以我現在已經沒有什麼辦法了，我就是希望他能幫我，我也覺得他應該幫我，因為這件事還是跟他有關係的。」

「那他幫妳了嗎？」

「沒有。」我搖搖頭。

「那我可以這樣認為嗎？因為妳覺得冷先生欠妳一個幫助，所以妳對他造成妳生病的事耿耿於懷，妳老是覺得他應該幫助妳，因為這件事跟他有關。妳不斷強調這點，其實妳要的只是他的幫助？」

「可以這麼說吧。」我承認。

「我覺得妳應該想想一個問題，就是如果冷先生他一直不幫妳治病，妳要怎麼辦。因為很多事追根究底還是得自己一個人面對，不管造成這件事的原因是什麼。這就是人生常有的事情。妳明白我說的意思嗎？」

我茫然地點點頭。

我的第一次心理治療就這樣結束了。

接下來的一週我和冷小星一直為了他在心理醫生面前的不當行為而冷戰，同時我也一直在思考醫生對我提出的問題。

到下一週心理諮商的時候，我是一個人去的。我一個人在粥麵館點了羊肉泡饃，一個人吃完，然後一個人到了工作室的客廳等待著醫生的到來。

醫生一來，我立刻就跟他彙報起這個星期以來的思考結果。

「我覺得要是我不看到他還不會想起來這些事，但是看到他他又不幫我，我就會反覆不斷地想。」

「而且除了他，我想不到還有什麼別的人會幫我。」我補充道。

「那如果就是沒有人會幫忙，妳打算怎麼辦？還有如果不和他見面能讓妳不想這些，能不能先不和他見面？」

「不和他見面？」我沒想到醫生會提出這樣一個建議，對我來說見不到冷小星似乎是難以想像的。

「對妳來說，是否有什麼東西是妳一個人無法去面對的，必須有人陪伴才行？」

「是的。」

「是什麼？」

「人生中那些痛苦的東西，那些讓人無法承受和面對的東西。」

醫生的嘴角有一絲上揚，他進一步問：「是什麼？」

「比如對於生老病死的恐懼，比如大家庭帶來的壓力，比如你看不明白這個社會、不知道自己應該怎麼努力、自己是一個什麼位置，等等。」

「妳說對生老病死的恐懼，具體對妳來說，就是現在的不舒服對嗎？」

「是的。我始終無法接受這樣一個事實，就是我每天都在不舒服，而且的確是非常痛苦的。」

「為什麼不能接受？除了因為妳的確很難受之外，還有沒有別的原因？」

「因為我一旦難受，就沒辦法做那些我想做的事情。」

「什麼事情？」

「比如寫作，比如閱讀。我很想成為一個文化事業工作者。」

「那不做這些行不行呢？」

「不做這些？」我又一次被問倒了，不禁反問，「那我應該做什麼呢？」

「妳應該做什麼不是我能回答的，應該問妳自己。那妳想做寫作、閱讀這樣的事是為什麼呢？」

「因為我喜歡做這些呀，而且我這些年一直在做與此相關的事，也算有點經驗，但主要還是因為喜歡。」

「那妳既然喜歡就堅持去做好了。要是難受，妳忍著不就好了嗎？妳應該還不到那種一難受就立刻滿頭大汗、痛到打滾的程度吧？」

「那倒不是。可是的確很難受。這會影響我的讀書和寫作，會讓我失去靈感或者無法再讀下去，因為我會想，這些和我的難受比起來都是毫無意義的。那個時候我就很想躺回到床上去。」

「那妳就躺回去啊。」

「但這樣生活下去不是辦法！」我有些著急。

「好，妳不要激動。」醫生試著穩定我的情緒，「我剛才那樣說是希望妳能告訴我，妳覺得無法接受的到底是什麼？」

「怎麼說呢，」我使勁皺著眉頭，努力想要說清楚自己的問題，「其實這麼多年來，我始終都缺乏生活的動力。我不太清楚活著是為了什麼，不知道為什麼我對生活總是感到不滿足。生病以前，我至少還有一些比較快樂的時候。但現在不是了，我現在的狀態令我太難感受到快樂了，連最基本的不難受都達不到，於是我更加不清楚為什麼要活著，為什麼要做這做那了。」

「沒有生活的動力和目標，可以這樣理解嗎？」

「是的。」

「關於這個問題有沒有跟別人討論過？為什麼活著，還有為什麼老是對生活不滿意？」

「討論過。比如我爸的生活動力可能是我，但我現在沒有自己的孩子；比如冷小星的生活動力是他想要改變世界，當然他這個想法我不是很能理解，對我來說這種東西無法成為我的動力。」

「其實妳說的這兩個例子是兩種不同的動力來源，但我覺得都可以成為妳的動力啊。比如妳雖然沒有孩子，可是妳有父親啊。」

「我也很希望能幫助我爸，但我現在連身體都弄不好，怎麼幫我爸呢？」

「從客觀的角度來看，這是妳的一個藉口。說白了，妳就是對自己的身體沒有信心。」

「因為人的身體是無法控制的，就算你再怎麼想辦法也無濟於事！」

「是因為妳媽媽的事所以妳這麼覺得嗎？」

我點點頭：「有一部分是吧。還有一部分是因為我的這個病一直以來都治不好。」

「有沒有可能是因為妳一直沒有找到妳生病的根本原因呢？替妳看病的醫生怎麼跟妳說？」

「每一個人說的都不太一樣，不過大部分都認為我是肝鬱脾虛，也有一些認為我的病是當初腎氣受寒引發的。醫生們說我必須保持心情愉快。」

「但妳恰恰因為這個病無法心情愉快。這不是進入死循環了嗎？」

「我總覺得我看了那麼多醫生，吃了那麼多藥，總應該或多或少有一些用吧，但為什麼總是不行呢？」說到這裡我一再嘆氣。

「所以妳就放棄了？放棄妳所有的生活、所有的責任？」

我抬頭看了醫生一眼，不知道說什麼。

心理諮商結束後，我坐地鐵回去。難得的好天氣，地鐵站外有一兩個賣暢銷書和外版書的地攤。我在攤位前駐足了一會兒，什麼也沒買。每一本暢銷書，無論是傳記也好、理論也好、小說也好，無不在講述著一個同樣的故事：成功的故事。而我恰恰是一個最不成功的人。我感到有些諷刺，不是來自別人，而是來自我的內心，是自己對自己的諷刺。

醫生說得對，說來說去，還是我不勇敢，我太懦弱了，根本無法面對任何一點困難，沒有任何擔當。

那天，醫生給我最後的忠告是：好好思考妳是不是應該放棄，如果妳堅決要放棄，那誰也沒有辦法。還有，自己有勇氣就不要靠別人。一個人自己很強、能夠幫助別人是件很開心的事；一個人總是依賴別人才能生活，無論怎樣都不會太開心，弄得自己累別人也累。妳說人應該選擇哪一種生活呢？

此外，醫生還給了我兩個小技巧，能夠讓自己獲得更多思考、勇氣和安靜：冥想和真正的旅行。

第五章　最終回的說走就走

1 青色的島嶼

我最終選擇了離開冷小星。

走的那一天，我甚至沒有跟他打招呼，看著他像往常一樣背著電腦包打開家門去上班，我遠遠地坐在電視機旁瞥了他一眼。我想再最後看一眼他的臉，可能以後都沒有機會見到了，我想把他的眉毛、眼神、臉上的每一寸肌膚都印在腦子裡。

以前我曾經離家出走過一次。

我這個人屬於忍耐型人格，一般來說別人強迫我做什麼事我都不好意思拒絕，多數都會順從別人，想讓大家都滿意。但時間久了，累積到一定程度，平時的委屈就會一下子爆發出來。不過我的爆發不會傷害別人，而是自傷型。一般我的辦法就是自我放逐：把自己放逐到自由的邊境，不去想那些讓人煩惱的事，用寂寞和安靜來治癒內心的傷害。

曾經的那次出走是因為我對家人實在是受不了了。以前在學校我是個乖乖女，努力念書，和老師、同學都能合得來——我天生就有這樣的本領，特別善於和比自己大的人相處，讓他們喜歡我，大多少都無所謂——但暗地裡，離開學校，我就是個「問題少女」，心裡永遠有想不通的問題，不明白我的生活為什麼必須得這樣，不能那樣。

我常常在離家三四站遠的一家麥當勞裡自習（那時的課業負擔基本上使我每天除了吃飯、睡覺，剩下的時間都在念書），自習到十點多，麥當勞裡人漸漸稀少起來，天實在已經太黑，再不回家路上容易有危險時，我才離開麥當勞，騎上車回家。我不願意見家裡的人，因為那時的我實在不知如何與專制和充滿壓迫感的他們相處，只能選擇逃避。那次的出走究竟是因為什麼事我已經記不得了。我只記得我那時剛上大學不久，同一個寢室的室友有個天津人，每隔一兩週就要坐校車回一次家。所以我知道有一趟從我們學校到天津南開大學的校車，每天下午三點鐘在學校東門發車。

我就這樣稀裡糊塗地坐上了這趟開往南開的校車，在晚上八點多到了位於迎水道的南開大學分校區，我有個高中的死黨在那裡讀新聞傳播專業。那一天我因為自己的出走計畫過於興奮緊張而沒怎麼吃東西，當然除了興奮，更多的還是傷心。

那是一個冬天，毗鄰海濱的天津比北京還要寒冷。我到得太晚，學生餐廳已經沒有飯，死黨在學校門口接我，一臉沒好氣地說：「就知道妳有一天得投奔我來。」接著她帶我去一家吉祥餛飩吃了一碗「全家福」。那是我第一次吃吉祥餛飩，也是最驚豔的一次，後來我再也沒吃過那麼好吃的餛飩了。十個大餛飩下肚，我的胃裡還有空間。走回學校的時候，又買了一根夾豆餡的冰糖葫蘆，「鏗鏗鏗」吃了下去，也是絕世美味。死黨看得一愣一愣的，問我：「妳到底多久沒吃飯了？」我轉頭對她露出慘澹的微笑。

當晚我睡在死黨學校的一個地下宿舍裡，是學校租給準備考研究所的學生用的，七十五塊人民幣一個床位，一間屋裡八張床，顯得很擠。我睡得並不舒服，第二天很早就醒了。窗外下起了雪，我隔著窗戶看學生們在校園裡走，一開始沒什麼人，後來人漸漸多起來。有些人穿的羽絨衣的顏色很奇怪，比如那種像機車油的墨綠色，還有土黃色，還有非常鮮豔的桃紅色，看著這些穿著奇怪顏色羽絨衣的學生在雪地裡晃晃地走，我突然覺得很好笑。

可是笑著笑著我又掉了淚，突然覺得我何嘗不是和他們一樣，在生活中跌跌撞撞，還穿著奇怪的衣服，自以為出類拔萃，其實不過是別人眼中的笑料。

那次離家出走以死黨對我的背叛結束。第二天傍晚，我家人突然出現在校園中來接我走的時候，我既感到措手不及，又有一種錯認好人的痛心感，轉頭看我死黨，她一副「我沒做錯，妳應該感謝我」的表情。我最終無可選擇地跟著家人走了，同時也明白了一個道理：最深切的痛苦就是死黨大概也理解不了，因為人和人是不同的，而且隨著時間的推移，大概會越來越不同。

第一次出走雖然慘澹收場，但很多年來我一直記得一個人站在陌生的、遙遠的地方看雪時的感覺，雖然孤獨卻很輕鬆，是那種終於感到自己是一個人在這個世界上活著、無牽無掛的輕鬆。

所以這次我不動聲色地決定了要離開這裡。走的前一個晚上，我和冷小星吵了一架，他轟我走，我一氣之下離開他家去了附近的一家肯德基。以前我和他說過：如果有一天我們吵架，我走了，請他一定要來找我，哄哄我，我就會消氣跟他回家。我在肯德基裡等著冷小星，心想我跟他說過那麼多次，他一定會出來找我，只要他出來找我，一定會來肯德基，我就原諒他今晚對我所做的一切。

我就這樣等到夜裡十二點多，在肯德基裡的人開始一個個趴倒了，我還是沒有等到他。我走出肯德基，走進夜色。我無處可去，只能慢慢走回他的家。夜已經深了，天氣很冷，街燈孤零零地在路口一閃一閃。我一邊走一邊對自己說：「鍾西西，從現在開始妳不要再依靠任何人了。妳必須要自己解決自己的問題，因為除了妳自己，沒有人會幫妳的，妳必須記住這一點。妳必須記住昨晚和現在妳對自己說的話。」

我這樣對自己說著，並且流下淚來。

我坐了第二天上午的火車去了青島。

我按照計畫在冷小星眼前默默吃完了早餐，假裝在沙發上看電視。他出門時大概對昨晚發生的事感到有點不好意思，於是轉頭跟我說了一句：「晚上回來好好談談好嗎？」我略微遲疑了一會兒，終於點了一下頭，然後看著他走出門去。之後我按照計畫整理自己的行李，裝上衣服、備用物品、正在吃的調理的中藥和現金。我還不忘裝上一本村上春樹的小說——在沒有東西可以閱讀的時候反覆看村上春樹的小說大概也不會覺得煩，另外還有我學士和碩士的學位證書，我已經準備好在一個新的地方開始一段新的生活。

十一點整，我整理好所有物品離開冷小星的家，在樓下攔了一輛計程車直接去北京南站。在計程車上，我發了一則訊息給我的心理醫生，告訴他我近期可能無法再去做治療了，準備一個人按照自己的想法去活。我在訊息裡說：也許我身上的難受永遠都好不了了，我不想再活得那麼累。

之後我將手機關機，在南站買了開往青島、出發時間最近的高鐵單程票，找了一家速食店匆匆解決了自己的午餐，然後跟著人流驗票、上車。列車緩緩離開北京的時候，我還略微有點緊張，靠在座椅上看著窗外一點點加速流動的景物，感覺自己在逃離。半個小時之後，列車在第一站廊坊停車，很快又重新開了起來。我終於明白這趟車將會載著我離開那個讓我生活如此艱辛的世界，我全身放鬆下來，睡了過去。

我對山東懷著莫名的好感。上一次去山東還是大學一年級的暑假，我跟著一個旅行團五天內跑了青島、蓬萊、威海三個地方。行程雖然緊張匆忙，但我對青島卻留下了兩點很深的印象：一是這裡的人拿塑膠袋裝啤酒喝，感覺很豪爽；二是這裡沒有夜生活，晚上大街上幾乎沒有什麼人，讓我覺得這裡的人的生活很質樸。大學時期班上有幾個同學是山東人，喜歡吃戧麵饅頭，感覺山東人又低調又堅實，吃得了苦，對人也很和善禮貌。不知為什麼，就覺得山東是個可以讓人感到安全的好地方。

再次醒來的時候已經是晚上七點，奇怪的是我的肚子並沒有感覺到餓。我隨手拿起高鐵上的雜誌翻閱，之後又用火車上的紙杯接了一杯水喝掉。雜誌裡寫的是什麼我一點都不清楚，我只知道火車很快就要到青島了，心裡感到快樂和解脫。在我的想像中，夜色中的青島應該又涼爽又舒適，遠處有大海潮起潮落的聲音，空氣裡有一絲絲鹹鹹的海水味道，寧靜的街道旁還未關門的小店裡可以買到新鮮的啤酒。將近八點的時候，五個多小時的火車旅程結束，我踏上青島火車站的月台。空氣裡沒有鹹味，天氣有點冷。

車站前是一個小小的廣場，我站在那裡思考今晚怎麼辦。早上走的時候我還沒決定最終要去哪裡，所以根本來不及訂好住的地方，而且既然是自己一個人出來，就得節省著點，想來想去決定先找個青年旅館住一晚。我從手機裡查到火車站附近的幾家青旅，選了其中一家看起來最安全的，然後攔了一輛計程車直接過去了。（雖說應以節省大業為主，但在陌生城市的夜晚，不熟悉路的情況下，攔計程車還是必要的。無論如何安全第一，這是我一個人在外時時刻刻注意的。）

十分鐘後我到達青旅，櫃檯的女接待員告訴我多人房已經沒有床位了，只剩下公用浴室的單人房了，好在價格在可接受的範圍之內，六十八塊人民幣一晚。傍晚的青島比北京大概低了攝氏六、七度，我身上的短袖上衣和外套完全不能禦寒，拿到房間的鑰匙後，我趕快上樓進了房間。

房間可真夠簡陋的。白色的牆有些地方髒髒的，有些地方還掉了皮。房間裡除了一張床、一張桌子、一把椅子和一個檯燈，沒有任何其他的家具了。對著房子外的那面牆上有一個小小的窗戶，而對著房子內的牆上則有兩扇大大的窗，用花布窗簾罩了起來以便和走道隔絕。難為青旅老闆的苦心，在這種條件下地上居然鋪的還是木地板。

條件雖然簡陋無比，但不知為何我一進這小小的房間居然有一種親切感。我將桌子上的檯燈打開，脫掉鞋和襪子鑽到被子裡、靠在床頭上，黃色的燈光打在白色的被子上，外面隱隱約約有呼呼的風聲。我就這樣靜靜地坐著，不需要和任何人說話，不需要再和任何人解釋我極其複雜、誰也弄不明白的病。今晚，我只有這間房子，而這一間房子對我來說足夠了。我躺在這裡很安全，沒有人來打擾我，沒有人和我爭吵，沒有外面的大風，舒舒服服的。在寒冷的北方島嶼的夜晚，有溫暖的被窩，我還需要什麼呢？

我坐在那裡想了一會兒後面的打算。我想要緊的是找到一個短租的房子，當然這種房子一般不太好找，在找到之前只好先住在青旅。接下來就是在住的地方附近找一份工作，反正能填飽肚子就行，什麼工作都可以，只要不太累就行。這麼打算好了，我順著床頭滑到枕頭上，讓身體充分享受被子裡的溫熱，沒過一會兒我便沉沉睡去了。

白天的青島和晚上的截然不同。陽光充足，景色美好。好多年沒有來過這裡，我感覺這已經不是我當年來時沒有夜生活的青島了。如今走在青島的街上，感覺路都是綿延而高低不平的，這是第一次來時沒有注意到的地方。路的兩旁種著樹，綠化非常好，整個城市非常乾淨，恍惚間常常感覺這像是北方的上海。

人們說，如果除了觀光，你發現不知道為什麼你總是重複到達同一個地方，那說明你肯定喜歡那裡。想想我曾經重複去過的地方：香港、上海，還有如今的青島，我嘲笑自己，我以前肯定是個自視清高的偽小資女。

不過這些都不是太重要了，我如今只想在這個安靜的城市過一個人的生活，痛苦也好，快樂也好，我都可以自己一個人承受，不需要再對任何人解釋，也無須再對任何人負責了，能把自己負責好對我來說已經算不錯了。

經過這麼多事，我必須得承認，我現在是一個能力很低的人。我不想再勉強自己對誰負責，那樣只會害人害己。

在中山路的基督教堂門口晒太陽的時候，我便想了如上這些。

早上起來我在豆瓣的青島租房小組看到一些合適的房子，雖然人家都是要找長租，不過我還是硬著頭皮問人家短租一、兩個月可不可以。畢竟我不知道將來在這裡的生活會是怎樣，一開始找個短租會更靈活一些。傳訊息或在QQ上留言給各個房東之後，我便沿著青旅附近的小路去散步了。一開始在附近的菜市場亂逛，我發現青島人非常喜歡貴賓犬，菜市場裡賣菜的人養的全是小紅貴賓，造成了偌大的菜市場裡小紅貴賓滿處跑的局面。我流連忘返，更加亂走一通。

不知不覺走到了中山路上的基督教堂，風淡淡的，我坐在樹下的椅子上看遠處的情侶們拍婚紗照。我突然間想起生病以前的生活，那時我喜歡去咖啡館，喜歡泡圖書館，既想做一個學識淵博、有本事高談闊論的女知識分子，又想做一個寫得了詩、唱得了歌的文藝青年。這些我或許那時都做到了，或許都沒有做到，不過這都沒關係了，過去的生活對現在生活中的痛苦來說，顯得太過於遙遠，雖然它們都還是在我心中。

我現在唯一的願望是做一個最平凡的人，有健康的身體，能好好過日子。這對如今的我來說是一種奢侈的夢想。

很多人原本自命清高，生活的苦難讓他們成長，從男孩變成男人，從女孩變成女人。我不知道我是否在經歷這樣一個過程：苦盡甘來，再也不驕傲，好好過生活。

我曾經不只一次地想過，有一天我不再難受，跑到冷小星面前跟他說：「你看，我全好啦。」那時我一定非常開心，過去的種種憂愁、鬱悶、怨恨一掃而光，從此過著平凡卻滿足的生活。

現在這樣的時刻為什麼要想起冷小星呢？或許是因為看到了那些拍婚紗照的男男女女吧，這真是一個傷感的話題。或者什麼苦盡甘來不過是我自己的想像，也許殘酷的現實會告訴我，有些人註定一輩子承受難以承受的痛苦。我不能想這些，想到這些會讓我覺得崩潰，我該欣賞眼前的美景。遠處是海，眼前有磚紅色的十字尖頂教堂，身後有樹，頭上有花，我吸了一口空氣，有點迷醉。不管人生會有多麼苦，身體有多麼痛，至少就在此刻我獲得了精神上大概百分之十左右的愉悅。愉悅總是好的，自由也是好的。

我就這樣飄飄然又陶醉地坐到中午，然後在一家「苟不理」包子鋪解決了午餐。包子真實在，先不論味道怎樣，倒真的是皮薄餡多。我本以為這包子鋪應該是山寨版的天津「狗不理」，沒想到店員告訴我，人家還是個青島老字號。無論如何，酒足飯飽之後，我對這個樸實無華的包子鋪充滿了好感。

我接著從包子鋪往回晃，其間收到早上聯絡的房東的各種回覆：「對不起呀，房子已經租出去了」、「抱歉，小妹妹，我的房子不接受短租」，等等。我心想今天找房子的事大概是沒戲了，不過整個上午還是玩得很愉快的。現在我感覺有點累，思念起了青旅的暖心被窩，準備不管三七二十一先回去睡一場。自由就是這點好，誰也不用管，就是自由的日子不是那麼多，所以更要珍惜，要好好玩。

我回到自己的小房間裡，拉上房間窗戶的藍色窗簾開始睡起覺來。房間的窗戶開了一條縫，我能感受到午後的陽光順著藍色的窗簾傾瀉到屋子裡來，走道裡傳來一些人在公共小浴室淋浴的水聲。

我想起以前讀的各種小說，它們雖然被我閱讀過，但又有多少是被我真正記住的呢？我想起一些片段，雖然已經不記得它們具體是來自哪一部作品，但閱讀時撲面而來的感受卻被我記住了。

比如上海的老式小公寓，弄堂裡傳來的洗菜聲；比如二十多年前的北京，清晨公園裡的遛鳥大爺和他叫得很好聽的「小寶貝」；比如父子吵架的聲音；比如雪落松溪的聲音……

很奇怪，我想起的大多都是聲音，它們和浴室裡的聲音混成一片，有點像一種獨特的協奏曲。在這片聲音中，我稀裡糊塗地睡著了。

大概過了半個小時，我突然醒了過來，在悠閒中想起了自己的處境：一個人出門在外，身上雖然帶著不少錢，可前途未卜，不知道在這個城市能不能活下去。早上發出的各種求租房訊息雖然被一一打了回來，但我決定再試一試，畢竟一天六十八塊人民幣的住宿費再加上各種吃喝的開銷不是一個小數目，如果能租房子就不一樣了，不僅房租能更便宜，還可以自己做飯。我只好又打開豆瓣青島租房小組想看看有沒有新的發文，沒想到，說時遲，那時快，見證奇蹟就現在，我一下子看到了一個自稱要短租自己家一個房間的發文。要知道，房東願意短租自家房子可是百年不遇的稀奇事。

我打開發文看了看照片，房間雖然不是特別大，卻正好是我喜歡的類型：白色的衣櫃，大大的桌上型電腦，果凍色的轉椅，看起來很舒服的單人床上面鋪著帶星星的床單，像是一個二十多歲還未畢業的年輕人住的房間，只差再貼一張海報。再看文字內容，房東說是自己另一半出差去了外地而且要待一、兩個月，所以找人分擔一下房租順便做伴。我心裡竊喜，家裡只有兩個人住，那住起來應該很爽。

機會不等人，我趕緊按照發文裡的聯絡方式聯絡了房東。從房東發來的照片看，房子的客廳裡有大大的電視機，浴室乾淨整潔，廚房帶有整套廚具，房東住的主臥裡鋪著柔軟的深紫色床包組。一看就是很好的房子，地上還鋪著木地板，我在北京也沒住過這麼好的房間呀！

「請問你是女孩嗎？」

房東：「是啊。」

Perfect！我沒想到最後的結局竟然如此完美！

青旅的工作人員非常友好地把我午睡的時間扣掉了，沒有另外算錢。我收拾好行李，按照房東的指示，步行到火車站附近乘坐三〇三號公車直奔房東的家。我從起站上車，要到倒數第二站下車。坐上車的時候已經是青島下班的尖峰時間，車上人很多，不過一點也不妨礙我沿途觀賞青島的市井。街道不是很寬，兩旁有各種小小的店鋪、小超市，天很藍，很多小房子看著都很洋氣，我的心情很好。公車走了二十多站，一直在繁華的街道上行駛，還有一些塞車，又開了六、七站，車上才漸漸空起來，路一下子寬了許多，進入了像高速公路那樣的路，我想大概已經到近郊了。果然沒過一會兒聽見報站到合川路了，我趕緊下車。

房東叫瓊，我到了社區門口打電話給她。過了一會兒，盈盈走過來一個小巧清瘦的女孩，若不是提前跟她聯絡過，真不敢相信她已經結婚了。瓊帶我走回她家，一路上我的心情激動不已：青島就是這樣一個好地方，即使是市中心之外，也仍然十分自然乾淨。我想像著未來的生活將在空氣清新的郊外度過，有種即將入住小別墅的感覺。

我覺得我和瓊是有緣分的人，能成功租到她家的房子簡直就是百年一遇的好運氣，更重要的是，進到她家之後，這個地方又大大超出了我的預期：電梯是兩戶一梯，很隱密，跟著瓊進到屋裡，我發現一切都和我之前看的照片一樣，甚至更好。瓊的客廳裡擺放著大大小小三把吉他和各種樂譜。

我問她：「這是妳的？」

她說：「是我和我老公的，我們都很喜歡音樂。」說完瓊從廚房端出兩盤菜，是醬爆肉末茄子和青椒肉絲，她帶著笑意：「妳今天第一天來，算是迎接妳啦。我做得不好，妳別嫌棄啊。」

我那時的心情簡直無法形容了，又餓又感動，我好久沒有聞過這麼香的菜香氣了，完全是北方的口味，我恨不得馬上撲過去開吃。

我說：「妳做得太好了，我光聞就覺得很香。」我們趕緊入座，配著山東餓麵饅頭吃著小菜，真是特別過癮！

那天晚上我吃得很滿足，很多年都沒有如此暢快地吃一頓飯了，我的胃切切實實地感受到了離開冷小星的好。這裡是山東，無論怎麼吃都是北方口味。我現在練就了一身不挑食的優點，只要是北方風味，我吃著都香，哪怕豆腐乳配饅頭也是好的。

席間我不斷誇讚瓊的廚藝高超，瓊說：「看妳像是很久沒吃飯一樣。」

我回答：「是很久沒吃北方的飯了。」於是說起在冷小星家吃飯的種種際遇，瓊表示對我的舌頭和胃很同情。

瓊又說：「平時我老公總是嫌我做得不夠好，沒想到今天受到妳的鄭重表揚了。」

我趕緊吞下醬味十足的茄子說：「他是大廚吧？要不然妳做那麼好吃他還嫌不好？」

「咳，什麼呀，他可不是什麼大廚。最近他又辭職出去玩了。」

「啊？不是出差了嗎？」

瓊這才告訴我實情，原來她老公是自駕摩托車穿越內蒙古大草原去了。

「他喜歡自由，去年剛去過西藏，這次又去內蒙古。」

「妳怎麼沒跟他一起去？」

瓊一臉無奈地回答：「我們都去了，誰賺錢還房貸？」

「嗯，也是。對了，瓊，妳在哪裡上班？」我對附近有什麼工作機會非常關心。

「我在青島啤酒廠做祕書。」瓊說。

「酷！那妳是不是能經常喝免費的青島啤酒？」

「嗯，有時是會發一些沒貼標籤的啤酒當福利。味道還不錯。」

我非常欣賞瓊的工作。以前做文青的時代，我常常喜歡喝點小啤酒，逍遙自在一番。青島的啤酒有名的好喝，簡直是文青居家必備。說來說去，我對瓊的生活除了羨慕還是羨慕。

晚餐過後，瓊坐在客廳裡拿著吉他邊彈邊唱，小小的身體裡發出那麼清亮的歌聲。她唱了一首又一首，每一首都好聽，而且不僅僅是好聽，還有一種年輕的氣息。年輕的女孩身上都有一種獨特的氣息，有點驕傲，有點不羈，彷彿背起吉他就能大步往前走，頭也不回。這種東西幾年前我身上也有，現在卻被消磨光了。我和瓊年齡僅相差一歲，不過她還是美好的年輕人，我卻已經老了。我想起法國作家莒哈絲《情人》的開頭，只恨沒有一個年輕的男子走來安慰我。

我聽著音樂，隨口問起：「這個社區為什麼叫山河城呀，好霸氣的名字。」

「哦，對了！」瓊放下手中的吉他，「妳看了這個就明白了。」她跑到客廳的窗前把窗簾拉開。

在我二十幾年的人生中，我看過的夜間山景最美的有兩個：一個是我第一次去香港的時候，借住在半山腰一個朋友家裡。冬天的傍晚，我躺在略微有些濕冷的被子裡，讀著蕭紅，看窗外一片一片的山上的星星點點的燈光；另一個就是那晚看到的景色。窗戶外面能看到遠處有黑色的山的輪廓，沿著上山的路，每隔一段就有一盞很亮的黃色路燈，一直綿延到山頂。我驚訝於眼前的景色，聽見瓊告訴我：「這邊是山，社區後面還有一條很長很長的河，所以叫山河城。」

我大喜過望，不僅喜歡眼前的女孩，也喜歡這種生活。

總結一句話：沒想到到了青島的第二天，我就住進了一個女文青的山景豪宅。

2 我和爸爸

我住的地方有山有水。

每天清晨起床後，我拉開客廳的窗簾，為自己煮一個雞蛋，熱上兩片麵包，泡一杯咖啡或是一碗豆漿。吃過早餐我打開電腦翻譯英文短篇小說。翻譯是一件折磨人的事，因為我翻譯得很慢，可能一個小時才翻譯了原文裡的兩個段落，簡直是蝸牛的速度。我很久沒有翻譯了，在這裡住下來之後才又動了這個念頭。翻譯能讓人的心變大，在兩種語言之間穿梭，有時比自己寫作還要吸引人。翻譯一個小時後，我打開電視機，跳健身操訓練身體，一般會跳一個小時，然後再看一個小時的書。午餐過後，我會午睡一個小時，下午的時間有時用來看電影（我沒看過的電影實在是太多了，好多人人熟知的電影我都沒有看過），有時用來寫作和繼續翻譯，之後我會讀一個小時的日語。

瓊每天晚上都回來做飯給我吃，有時是馬鈴薯，有時是豆角，有時是冬瓜，樣樣都好。我在她快回來的一個小時前把菜洗淨切好，做好準備工作。她說我切菜切得很整齊，我們合作得很有默契。

在瓊家讓我突然感到自己非常安心和踏實，讓我回憶起以前的自己。我決定好好規劃自己的生活，做那些我一直想做卻沒能做的事。

我也很快見識到了那條河。

一天傍晚，我吃完飯正躺在自己房間的床上發呆，瓊過來問我：「要不要去河邊走走？」我點了點頭，跟著她一起下了樓。

那是一條很長的河，差不多有公車兩、三站那麼長，像是那種每座城市都有的：不為人知的護城河的一段。河的兩岸有三三兩兩來這裡玩的人，有一些看起來比我小四、五歲的少男少女在不遠處滑滑板。我對瓊提議想沿著河邊散步，看看這條河到底有多長。瓊對此沒有異議，不過想想又補充道：「我平時缺乏運動，也許走著走著就走不動了。」

「如果是那樣，我們到時候折回來就行。」我回答。

我和瓊慢慢地走著，有一搭沒一搭地聊著各種話題。瓊問我有沒有看到樓下放著的紅色小機車，我說沒注意，她說那是她老公這次出發之前買給她的。我問她：「妳會騎嗎？」她笑了笑說：「正在學呢。」

瓊是個比較開朗的人。她說：「妳知道嗎？他這次去內蒙古，我一直不敢告訴婆婆，怕她著急。後來他上傳了幾張照片到微信上，就是那種騎在摩托車上的照片，結果就被發現了。我婆婆很著急，我這幾天一直打電話勸她。」

「妳和妳婆婆關係好嗎？」

「嗯，蠻好的。」瓊一邊說一邊弄自己翹起來的一撮劉海。

「這劉海總是不服貼，今天早上就這樣，我去上班的時候覺得醜死了。」

「我倒是覺得蠻好看的。」瓊翹翹的卷髮像微風拂過的深色小旗子。

「真的嗎？」

「嗯。」

談完這個話題我們突然不說話了，像是廣播突然中斷了一樣。我們已經走過河邊最熱鬧的地方，雖然路上一直都有路燈和每隔一段路就有的亮著燈的橋，但行人卻漸漸少起來。

對面走來一個人牽著一條狗，天黑看不那麼清楚，但大約是貴賓犬或比熊犬。

我想起一個話題，問瓊：「妳喜歡狗嗎？」

瓊想了一會兒，說：「我本身對小動物倒是沒有喜歡或不喜歡，不過我覺得狗有點髒。」

「哦，我倒是蠻喜歡狗的。」

「那妳就養一隻吧。」

「嗯，本來想養，後來沒養成。因為我男朋友怕狗。」冷小星是那種見到狗連摸一下都不敢的人。

「妳知道嗎？」我看著前方亮亮的橋對瓊說：「有時候我覺得狗比人可靠，牠永遠都那麼喜歡你、依賴你。或許會任性，但卻不會傷你的心。」

「那倒是。」瓊回答我。

走過這座橋，瓊突然叫了我一聲：「喂。」我回頭看她，她隨即問我：「問妳個問題，妳來青島不是來旅遊觀光的吧？」

我嘿嘿一笑，問她：「為什麼這麼說？」

「我看妳這兩天也沒去哪裡玩，天天都在家裡待著。感覺妳有時鬱不開心的。」

「所以妳覺得我是失戀來療傷的？」

「不是嗎？」

「嗯……」我考慮著瓊的問題，思考應該如何回答她。從嚴格意義上講，我不算是失戀，因為冷小星並沒有把我甩掉，反倒是我主動離開他。不過這又有什麼要緊的呢？正像瓊說的，我有時並不開心，這是事實。不過我的不開心大概也並不僅僅是因為冷小星。

「怎麼說呢，我不是失戀來療傷的，我應該算是療養吧。」我這麼回答瓊。

「療養？妳病了？」

「嗯，是。我的肚子和腰總是不舒服，好幾年了。之前一直硬撐著，最近實在是沒有辦法忍受了。想到別的地方散散心，好好療養療養。」

「哦……那妳怎麼一個人來呢？妳男友怎麼不跟妳一起來？」

「嗯……他不是得工作嗎？」我故作輕鬆地對著瓊笑了笑。

「真的嗎？」

「真的呀。」

「那他不來看妳嗎？妳一個人在一個陌生的城市，他能放心？」

「他……」我不知道該怎麼回答瓊的問題，「我們最近關係有點緊張。」

瓊沒有馬上答話，沉默了好久，然後她說：「我就覺得妳和妳男友肯定是有問題了，從來沒見你們通過電話。」

這次輪到我沉默。

「其實他不知道我現在在哪。」

「妳別告訴我妳是離家出走啊？！」瓊跑過來問我，一臉著急。

「算是吧。」

「哇，老天，Oh my God！」瓊一連說出三個感嘆詞來表達情緒，「我一直以為這種事只有小說和電視上才有呢，哪裡想到今天就讓我碰上一個。怪不得妳吃飯的時候總是跟好久都沒吃過東西似的，妳是不是來我家之前一直都沒好好吃飯啊？」

我被她逗笑：「哪有那麼誇張？主要是我男友家做的飯一般都沒什麼味道，不合我的口味，而且妳做飯真的好吃，我好久沒吃過這麼正宗的北方家常菜了。」

「哦……」瓊一邊點頭，一邊好像在思考著什麼，「其實妳這種感受我能理解。我老公有時也讓我覺得很崩潰或很委屈，我有時候也有想逃離的衝動，不過他比我還愛玩，還沒等我走呢他就先走了。」

「哈哈。不過我覺得妳蠻自由的。」

「妳不自由嗎？」

「我在北京的時候覺得過得蠻壓抑的。我覺得身邊沒有什麼人理解我。我覺得我男友也不太理解我，連我身體不舒服都理解不了。他們一家人總覺得我是心裡難受，神經出了問題，而不是身體有什麼問題。」

「啊？」瓊做了一個很誇張的表情，「不過既然妳在男朋友家過得不開心，那妳怎麼不回自己家呢？」

「唉，那又是另一段故事了。」我對瓊說。

以前上學的時候學過一篇文章叫〈套中人〉，我覺得我爸就是一個套中人。他為自己做了一個方框，也為身邊的每個人都做了一個方框，把自己套起來，也把其他人一個一個套在框框裡。都套好之後他就很開心，覺得一切都在向前和向好的方向發展；若是哪一個人不願意被他套住，不符合他為這個人畫的框框，他就會很沮喪、失望，認為這個人糟透了。他自己又急又恨，急的是不知道怎麼讓這個人趕快回到框框之中，恨的是這個人在套子中總是不老實。若是這個人不但自己不願意進去方框，還要把他從方框中拉出來，他就開始討厭這個人，認為這個人把他的生活全弄亂了。遺憾的是，我就是那個讓他又急又恨又討厭的人。

我的家庭是一個奇怪的大家庭，自從媽媽走了之後，我一直都艱難地生活在其中，並且忍受那些各式各樣奇怪的東西。我非常不喜歡我的家庭裡到處蔓延的固執和追求完美的氣氛，這兩種東西在那些年快要把我逼瘋了。

我一次又一次地忍受著我自己的親人對我的抱怨和不滿，對我人格的攻擊，對於二十多歲的我來說，我根本不知道自己做錯了什麼。

我在內心深處一直認為，一家人之間是有很多愛和諒解的，但在我的家中卻不是這樣。如果你不夠好，你會發現周圍的人對你不是鼓勵，不是包容，而是嫌棄和挑剔。而最關鍵的是，他們每個人對你的期待都是不一樣的：比如我爺爺希望我學富五車，讀個博士學位回來；我小姑卻認為我書讀得太多快成書呆子了，應該學習打扮和做家事，讓自己像個溫柔的女生而不是神一般的「女漢子」；我大姑和奶奶則從細節入手，認為不管我是讀書還是做女人，都不能太不拘小節，一定要反覆斟酌，任何人、任何事都要選最好、最完美的，這直接導致我在當初出國交流之前被迫花了整整一個月的時間和我大姑一起整理行李，原因就是我大姑和奶奶認為我不具備選出完美衣服的眼光。但最後的事實是，在那一個月裡我大姑反反覆覆地迷失於我的衣櫃，最終還是我自己決定了要帶的每一件衣服。

我常常感覺自己無法與這一家人在一起生活，也常常感到驚奇，他們這一家人怎麼生了我這麼一個後代，用他們的話說我大概是個「不孝女」。我關於青春的所有回憶都與追趕他們的期望相關，每次我氣喘吁吁地達到了他們的目標，以為終於可以喘口氣了的時候，就發現他們一個個還是抱持著那副橫眉冷眼的表情，照樣能挑出我的各種毛病、各種缺陷。總之他們給我的感覺就是，我這個人就是一個叉，一個大大的叉，全部都是錯誤。

而最令我憎恨的是，我的家人不懂得去理解別人，哪怕是一絲一毫都沒有。他們與我在一起生活了這麼多年，一直都是我在努力去讓他們來了解並理解我，每當他們對我表現出一點點想要交流的願望時，我都掏心掏肺地把自己的真實想法通通告訴他們，結果卻換來一次又一次更加深重的否定。

他們對我有一個心理預期，在他們的心裡，這個唯一的女兒、唯一的孫女、唯一的侄女必須要上得了廳堂，下得了廚房，有能力、有學識、有智慧，要自己賺一筆大錢，還要嫁個乘龍快婿，要衣著得體、談吐風雅，回到家又能把房間打掃得一塵不染，是個人見人愛、花見花開、完美得無以復加的女性。

但事實讓他們跌破眼鏡：從小就虛弱的身體使我在盡全力學習自己想要了解的知識之後，沒有更多的能量去做這麼多事，於是我變成了他們嘴裡邋邋遢遢、沒有審美的人，沒有做家事的本領因此毫無生活能力的人。而我的確不是一個擁有人生大智慧的人，至少在那個年紀，我只是一個敏感、脆弱、多情的少女，於是我變成了他們嘴裡又傻又笨的人，永遠不聽話的、不孝順的問題少女，等等等等，不一而足。其實，說白了就是一個問題：他們怎麼也接受不了這個真實的我，這個不成熟、過於敏感脆弱、沒有那麼多精力的我，以至於那些包含在這些缺點中的些許亮點，比如善良、真摯、認真、努力等也都被一一忽略。他們不能接受我有缺點。

這麼多年，雖然我做得不夠好，但我仍然在慢慢地、一個一個地去完成他們對我的期待。但這次我的身體出了問題，而且是奇怪的、難以解決的問題，我的家人面對這個現實毫無辦法、驚慌失措。恍惚間他們只會更加否定我。當我從歐洲拖著虛弱的身體回來，面對查不出病因的恐懼和害怕的時候，我記得我的姑姑和我談過一次話，那次談話的內容使我印象深刻。

姑姑首先否定了我的身體有病。她的觀點是：既然妳做了那麼多檢查都沒有問題，那妳就是沒有問題。我說但我還是難受啊。她說妳知不知道世界上就是有很多病查不出原因的。我啞口無言，對她說的這個事實難以接受。接下來她說我非常自私，總是依賴家人，自己不能承擔自己的事情。原因就是我當時虛弱無比，連去醫院都沒力氣，所以都是爺爺奶奶陪我去。她說既然妳沒大毛病妳就應該自己去醫院，我不知道如何為自己辯解，流下了委屈的淚水。但我的哭並未止住姑姑對我的指責，反而讓她說得越來越起勁。

她講起人生大道理來，她說：「妳以為妳在這個世界上能依靠誰？父母？老公？孩子？我告訴妳，這些人都不會讓妳依靠，都是不可靠的。父母會老、會死，老公會嫌棄妳，孩子根本不會管妳，翅膀一硬立刻離妳而去，妳只能靠自己。人生就是這麼殘酷，妳還在做什麼夢呀？妳到現在還不知道要自立，妳還想依賴家裡依賴到什麼時候？說句不好聽的，家裡人為什麼要幫妳花這個錢？家裡有多少錢給妳看病？」

我永遠記得聽她說完這番話之後，我心裡徹骨的寒冷。這不僅僅是因為我突然意識到我的家人對我的愛是多麼的狹隘和自私，竟然是以錢來計算的，還因為她的話讓我感覺不到一點點人與人之間的溫暖。一個人活在世界上，如果連身邊最親近的父母、愛人、孩子都不能相信和依靠，那麼這個世界上還有所謂的愛、所謂的包容、所謂的犧牲與付出嗎？難道說這個世界的本質真的是冰冷一片、荒涼一片嗎？

我被震驚和打擊得完全說不出話來，冬日午後的陽光暖暖地照進房間裡來，我卻坐在棕紅色的窗簾邊垂淚不語。這時，我爸爸走進來，對我說：「妳姑姑說得對。」我聽到一個世界轟然倒塌的聲音。

「從此之後我便對自己的家人隨時保持著警惕和距離。」我對一直在默默傾聽的瓊說，「我後來去看病，都是偷偷拜託我男友陪我去的，因為我不敢再麻煩我的家人。」

「嗯，他們那樣說確實會讓人覺得很傷心。妳就是因為這樣才搬到妳男朋友家去住的嗎？」

我點點頭，我的確是因此而不得不更加依賴冷小星。所以不管我多難受、多鬱悶，我都只能和冷小星說；不管他因此多麼厭煩我、沒耐心，我都只能忍受。有多少次我和他吵完架，從他家跑出來，我默默地坐在他家樓下院子的座椅上，一坐好幾個小時，等到他大概已經睡了之後再回去。我沒有地方去，沒有家可以回。

「不過，」瓊的話打斷了我的回憶，「妳爸爸那樣說也有可能只是想讓妳獨立，只是妳家人的表達方式很有問題。」瓊接著說，「妳爸爸肯定還是很關心妳、很在乎妳的。」

「我總覺得我爸對我只有責任，他其實並不喜歡我，如果不是因為我是他女兒，他一定很討厭我這個人。我家裡的其他人對我肯定也是這樣，只是對我有責任，沒有愛，所以每次他們為我做完事之後就會抱怨。」

「妳不能這麼想啊！」瓊說，「別的人我不好說，不過我猜想妳爸爸肯定不是只對妳有責任。而且責任和愛這兩樣東西，本來就是分不了那麼清楚的。」

「嗯。」我對瓊笑了笑。

實際上，我常常會想家。雖然我有時覺得他們對我太冷漠、不理解我、隨意侮辱我的人格，但我仍然會在一些時刻想起他們當中的一些人來。

在歐洲的時候，有一次我徒步穿越半個城區到一家肉食超市去買生排骨。那時我每個月靠五百歐元的交換生公費生活，沒什麼錢，在歐洲的時候基本上不搭車，都靠走路。因為徒步走了四十多分鐘，買完排骨出來我非常累，就坐在超市門口街邊的座椅上休息。這時候，有一個拄著拐杖的歐洲老爺爺走過我的面前。他很胖，其實和我爺爺一點也不像，不過他一臉嚴肅的神情和我爺爺有些神似。我突然就想起遠方的爺爺和奶奶，想起爺爺平時拄著拐杖走的小碎步，還有總是向我投來的期盼的眼神。我就想也不知道他們此刻在做什麼，知不知道我在這裡要走那麼遠來買點肉吃，心一下子就酸了。

我也常常想起爸爸來。我爸爸雖然古板，長得卻非常可愛。他的臉圓圓的，眼睛也圓圓的，偶爾看報紙或微信時會戴一個很復古的、也是圓圓的眼鏡，整個人非常可愛。我爸爸其實把生活看得非常簡單，對生活從來沒有野心，只想過普通的生活，做好自己該做的事。只可惜，媽媽的走和我的古怪打亂了他所有的計畫。所以我能想像面對我的各種想法、各種狀況的時候他會感到多麼驚詫和惶恐。這樣想想，有時我覺得爸爸也是過得很掙扎的，常常需要面對別人家的孩子不會出現的情況。他一定很希望我是那種又聰明又世故但又不敏感的女生，很容易成功和幸福。但現實卻是：他女兒是一個沒智慧、不精明，但又敏感、糾結得要死的人，不僅沒成功和幸福，還生了怪病，很憂鬱。想想大概就覺得很心煩吧。

我和瓊散步回到家之後，我一個人在房間裡思考瓊說的話。我是否真的對家人戒備心太強了，對他們的要求太高了？

其實家人的關心我大概從心底裡是知道的，只是我一直在跟他們賭氣罷了。我一直怪他們不理解我，不尊重我，不包容我，不無條件地、無私地愛我。我心底裡是那麼渴求他們的愛和理解，卻一直得不到。

「得不到就得不到吧。」我對自己說。

我原來一直覺得自己的少年時期過得很悲傷，心裡有創傷，總覺得必須要拿什麼去彌補、去填滿那麼多年的情感缺失。但是我現在，就在青島的夜晚，望著窗外燈光點點的大山，突然覺得：算了，其實不要也可以。

我也想起小時候的一件事：在我還是嬰兒的時候，爸爸媽媽常常抱著我出去玩。有一次回家晚了，我在爸爸的懷裡睡著了。爸爸說那時突然有一輛車從街上經過我們，已經熟睡的我突然被嚇得直發抖，爸爸趕快連搖帶哄才安撫住我。爸爸說從來沒見過膽子那麼小的人，但我這個膽小鬼還是長到了這麼大。

也許爸爸從來不能理解世界上怎麼會有我這樣的一個人，如此膽小、敏感還不聽話；也許他至今還不能接受我這樣一個頑固不化的人會是他的孩子。不過在我被世事嚇到而退縮的時候，總有一隻大手（雖然也許是笨拙的手）接住我，給我一個可以退身其中的居所。其實有這個就夠了。

在整個憂鬱時期，很多道理都是慢慢想明白的。來到青島之後我開始思考「自我」是怎麼回事。回憶這幾年的各種經歷，所受的傷，所獲得的，我想明白兩件事：

第一件事是人在本質上是孤獨的，不可改變。這不是悲觀，而是事實，沒必要因此而氣餒，因為人的孤獨使我們每個人都是獨特的，也使這個世界有不同和變化。所以沒有必要一再要求別人理解你，不理解就不理解，也沒有什麼。

第二件事是內心強大的人不抱怨，能包容一切。一個人要成長，必須要讓自己的內心強大起來。我來青島的時候應該說已經脆弱到了極點，心裡帶著傷在他鄉漂泊，可是心情卻好了起來。所以其實再大的委屈和傷害都過得去，我想讓自己強大起來。物極必反，人在最脆弱的時候會發現內心強大的力量。

這麼想著，我打開已經很多天都沒有開機的手機，想看看有沒有家人傳來的訊息。果然手機打開之後響個不停。打開一看，第一則是爸爸傳來的：

「聽小冷說妳去外地了？去哪裡了？怎麼不和家裡聯絡？妳有什麼想不開的可以和大家交流交流，幹嘛要跑到外地去呢？家裡人都很著急。」

後面兩則是爸爸傳來的一樣的內容：

「看到訊息速和家人聯絡。」

第四則是阿姨（爸爸後來又結婚了）傳來的訊息：

「西西，妳怎麼去外地了呀？在外面安全不安全呀，一定要找個安全的地方住啊。妳帶的錢夠不夠呀？不夠的話我們轉錢給妳呀。妳有什麼想不通的跟阿姨說說，妳一個人去外地也解決不了什麼問題是不是，妳爸爸可著急啦，快和我們聯絡吧。」

第五則是表姐傳來的訊息：「到外面散散心就趕緊回家吧。」

第六則是大姑傳來的：「聽說妳去外地了，不知是因為什麼原因，是和冷小星吵架了嗎？還是身邊有什麼不順利的事情？聽小冷說妳身體一直還是不舒服，並且因此心情鬱悶，怎麼不回家和家人商量商量呢？大家一起想想辦法也好呀。出門在外一定要注意安全，安全第一。別怕花錢，一定要住在正規的酒店。吃的東西也要多注意，不要吃壞肚子了。心情好點了就趕緊和家裡聯絡吧，至少讓我們知道妳在哪裡。」

六則訊息全部是家人傳給我的，冷小星的訊息一則也沒有。

這些訊息讀起來特別像是苦情狗血電視劇裡的台詞，以至於讓我懷疑裡面有多少是真正的關心，有多少是為了讓我回家而「製造」出的關心。你看，我就是一個思想如此刁鑽的人。我不得不對自己說：「Stop！請切換回正常思考模式。」

接著再一看，每則訊息都變成了柔情蜜意的暖心之作，非常真實地表達了他們對我的深情召喚。

我思考了一會兒，還是決定冒著被罵的危險嘗試聯絡一下我爸。我打開微信，問了一句：在嗎？

過了大約十來分鐘，我小說看得正入迷的時候，收到了一個回覆：在，妳在哪裡呢？

還挺沉著冷靜，不太像我爸平時的風格，要是平時他早就打電話過來了。

我回答：我在青島呢，租了一個小房子住。

我爸問：安全嗎？

我說：很安全，和一個女生住在一起。她是房東，她家的一個房間短租給我了。

我爸：安全就好。

我：……

沒想到我爸如此冷靜，弄得我很不適應。過了一會兒他又突然說：可以視訊嗎？

我問他：你……會視訊嗎？

我爸：不會，但是阿姨會啊。

我：哦，那行啊。

一分鐘之後我接通了我爸和阿姨傳來的視訊邀請，我爸爸紅紅的大圓臉進入我的視線。接下來爸爸問我：「青島怎麼樣啊？」

我說：「蠻好的，城市很乾淨，有海風吹著很舒服，吃的東西也都很好吃。」

爸爸聽著我說點了點頭，推了一下鼻梁上的復古小圓眼鏡，問我：「妳有什麼想不開的呀？」

「我身體老是不舒服。」

「可是醫生不是檢查過了，說沒有什麼問題嗎？」

「我不管醫生怎麼說，我是真的不舒服，很痛苦。而且你們都不理解我，也不了解我。」

「我們怎麼不理解妳、不了解妳了呢？」

「你們對我有你們的期望，我和你們所期望的不一樣你們就否定我。你們總是打擊我，隨便地說我人格有問題，把所有責任都推給我，和你們在一起我很累。」

爸爸沉默了一會兒，然後說：「可能我們跟妳交流的方式是有些問題，但都是出於好心。」

「什麼叫出於好心？你們是覺得你們只要是出於好心就可以肆無忌憚，對孩子什麼都可以做嗎？」我大聲質問我爸，「我不管你們是出於什麼好心，你們所做的事傷害了我這是事實，而且是嚴重地傷害了我，讓我這麼多年一直都不快樂。」

爸爸沒有說話，我接著講我的道理，我說：「我也是一個人。我每天也只有二十四個小時。我也不是鐵打的，我也不是超人，而且我還是一個女生。這些年，我為了滿足你們每個人都不一樣的願望，每天都在努力。你以為我的那些好成績都是白來的嗎？我在學校熬夜讀書的時候你們誰看到我的辛苦了？我回到家，你們還對我不滿足，讓我做一堆事，如果不做就說我人品有問題。我請問你，我的人品究竟有什麼問題？為什麼我在自己的家裡連休息的權利都沒有？還有，你們誰真正關心我喜歡什麼、對什麼感興趣？你現在說得出來嗎，爸爸？你說得出來我有什麼愛好嗎？」

爸爸的臉變白了，搖搖頭說：「說不出來。」

「對呀，」我說，「你跟我相處了二十多年，你卻連我喜歡什麼都不知道。你知道嗎？一個人生氣的話對身體是非常不好的，但你知道我這些年生了多少次悶氣嗎？你們只會壓迫我，要求我一定要按照你們說的做，我除了一次又一次地把氣嚥下去，我還能有什麼辦法？我生了那麼多氣，我的身體怎麼可能好呢！」

我一口氣把我這麼多年憋在心裡的話都說了出來，心裡覺得非常爽快。

過了半天，我爸怯怯地問我：「那妳想怎麼辦？」

我說：「我希望你們反思一下你們以往對待我的態度是不是有問題，還有我希望你們今後不要再這樣對我了。」

爸爸思考了一會兒，說：「好，我以後盡量注意，不亂跟妳發脾氣了。不過我倒是建議妳，以前的事就不要多想了。妳老是想那些不高興的事、計較過去的事沒什麼用，於事無補。妳所提出的問題我們都接受，但是希望妳多向前看，活得快樂點，這樣對妳有好處。」

這回輪到我沉默了。沒想到爸爸這麼簡單就承認了自己的問題，我對著他點點頭。

接下來氣氛比較輕鬆。我發現我自己一個人出來，家人雖然擔心，卻沒有抓狂。以前我總覺得爸爸在關於我的事上特別脆弱，所以我有什麼事都不敢跟他說。如今我發現我想錯了，其實爸爸並沒有我想像的那麼脆弱，甚至在有些方面比我要想得開。想想也是，爸爸的人生也夠曲折坎坷了，他如果沒有一些紓壓、想得開的本領怎麼能承受這些呢？

爸爸和阿姨甚至有興趣來青島和我一起逛逛，問我有什麼好玩的。我說這個城市哪裡都蠻美的，乾淨整潔、空氣清新、陽光普照，讓人心情大好，隨便來看看任何一個景點都不錯。爸爸聽著不斷點頭，似乎對此頗有興趣。不過我不敢馬上答應他們讓他們來找我，因為我猜他們的終極目的肯定是在遊玩之後帶我回家……我目前還不想回去，難得有獨處的時間，我還想再多享受享受。而且既然已經和家人取得了聯絡，我心裡就更沒有什麼負擔了，要知道一個人的時候最容易把種種問題想清楚，我應該好好把握這段時光。

談話進行到尾聲的時候，爸爸突然問我：「妳和冷小星是怎麼回事啊？妳這次去青島和他有沒有關係？」

我不知該如何回答這個問題。我和冷小星究竟是怎麼回事？我也說不清楚。

「他是個好人，但是我們個性不合，而且我們兩個人都不太成熟。」我只能這樣回答爸爸。

「嗯，我最近也在想你們的事。這幾天我跟小冷通過幾次電話，我覺得吧，他這個孩子是有些不太成熟的地方，不過還算是個可靠的孩子。」

「可是我跟他在一起覺得很累。有時候我和他吵完架，他也不來哄我，我有時氣得整個晚上都睡不著。我覺得身心都很疲憊。」

「那既然你們這麼不合，妳有沒有想過乾脆就不要在一起了？」爸爸意味深長地說，「當然我不是說不同意你們在一起，但是你們現在還在談戀愛就吵成這樣，將來怎麼辦呢？兩個人在一起，肯定得有一個人多包容一些，多妥協一些。妳呢，本身也是性格比較強；冷小星呢，他一個男生又不懂得讓著妳，妳現在身體還不舒服，我覺得你們這麼在一起對妳沒有什麼好處，只有壞處。」

說實話，爸爸分析得很有道理，我和冷小星的感情也的確走到了盡頭，我心裡也不清楚後面要怎樣繼續走下去。爸爸看我半天沒有回應，又補充道：「當然了，最終你們要如何，還得妳自己決定。」

「但我如果和他分手了，我該怎麼辦呢？」

「有什麼怎麼辦的？妳就回家來吧。」

「我生著病，什麼都做不了，還經常不舒服、睡不著，你們不會嫌棄我嗎？」

「我們怎麼會嫌棄妳呢？」阿姨反問我。

「但我爸以前說過讓我不要依靠家人。」

「唉，妳呀，現在就不要管我以前說過什麼啦。妳想吧，我是妳爸，我就妳這麼一個女兒，我還能把妳怎麼樣呀？難道說我還能不管妳嗎？」爸爸露出一副「妳要再不相信我，我們就無法再愉快地聊天了」的表情，我只好選擇承認和相信他。

「就算你能接受我，不嫌棄我，但我後面怎麼辦呢？一直生病什麼都不做嗎？」

「有病看病啊西西。我們大家一起想辦法，替妳找好的醫生看病，妳別擔心。」阿姨回答了我的問題。

「那我和冷小星分手之後肯定會很難過的。」

「那是肯定的啊，」爸爸接著我的話說，「任何人碰到這種事都會難過的。但難過歸難過，要是你們不適合也無法在一起啊。長痛不如短痛，難過也就是一段時間，那沒有別的辦法，只能自己克服。」爸爸說得很平靜，似乎這些他都經歷過一般。

「好吧，那讓我再仔細考慮考慮吧。」

「嗯，那西西好好想想啊。妳在那邊也別天天在屋裡待著，多去外面走走。我聽說現在青島正在開世界園藝博覽會，妳可以去逛逛啊。」

「嗯嗯嗯。」我對著阿姨猛點頭。

「在那邊玩累了就回家吧，到時候我和妳爸去那邊接妳。」

「嗯，讓我想想吧。」

「好，妳自己再想想。」

之後我和爸爸、阿姨互道晚安，就掛斷了視訊。

我從小到大第一次覺得我爸是那麼睿智。他對我說的都是大實話，但是這些大實話其實都是道理，總結起來一句話：不要怕，只要生活下去。我這麼多年來第一次覺得心裡安定了許多。我爸是想對我說，不管我們怎麼鬧，說穿了不過是父女之間的衝突，不用特地解決，因為有一件事是無法改變的，就是：他是我爸，我是他女兒。所以呢，就像他說的：他不能把我怎麼樣的。只是過去這些年他讓我誤以為我們之間的衝突已經升級到「敵我關係」了。現在終於搞清楚了。

我覺得我爸是想說：「冷小星那小子對妳不好妳就別理他了，回家來好了。大不了我養妳，誰叫妳是我女兒呢。」不知我理解得對不對。而且他還想表達：「難受、傷心什麼的都是正常事，沒什麼大不了，都能過去，這些我都經歷過，妳看我不也走過來了。生活不就是這麼回事嘛。」

我在心裡暗自點頭：「對，爸爸，你說得都對。」

這時阿姨傳來了一則微信，我一看，上面寫著：西西，不管妳有什麼事想不通，阿姨都希望妳不要放棄自己，回家來讓大家一起幫助妳解決問題。妳爸爸有時候對妳說話是不太恰當，不過妳要知道，妳就是妳爸的一切，別再讓爸爸著急了好嗎？

我回了一個笑臉，說：我知道了，我明白。

那天晚上我睡得非常好。不知道為什麼，我有一種和青春告別的感覺。從十六歲媽媽去世之後，在我漫長的「青春期」裡，和家人的衝突一直是我嘗試想要擺脫、解決卻一直沒能成功的永恆議題。我們之間有無數次的爭吵、哭泣，對彼此的傷害。我常常感到絕望，覺得我是一個很可憐的小孩，失去了媽媽，身邊的家人還完全不理解我，甚至不認識我、不知道我是誰。所有所有的這一切，在那天晚上終於迎來了等候已久的和解。

我和青春告別，為它畫上句號。

青春期的結束，就是成長的開始。雖然對我來說，它來得比別人都要晚，但它終於還是來了。我很欣慰，想要開始新的人生。

沒想到更大的驚喜還在後面。

3 大結局

我曾經無數次地幻想過和冷小星分手的場景：

我一個人坐在蒼茫大海上的一葉扁舟中隨著波濤晃動，船又窄又長，恍惚間我發現原來船的那一頭還坐了一個人，海上霧茫茫，看不清那人的臉龐。他一動不動地坐在那裡，也隨著船搖，搖啊搖，我聽見他幽幽地說：「抱歉，我要離開了。妳很好，但卻不是我的最愛。」我的心一下子慌了，說：「你不是說喜歡我的嗎？」他沒有動，又繼續幽幽地說：「我以前以為是，但後來發現我愛的並不是妳。我已經找到了她，很抱歉我必須得和她在一起。」我還想說什麼，但話全都卡在胸口，一句也說不出來。我看到他突然站起來，還沒等我反應過來，他就縱身跳下了船。「你去哪兒？」我大聲喊，喊聲淹沒在海上，聽不到任何回音。我看不到他，亦看不到前路，不知道船要向哪去。我一個人孤零零地坐在海上的小舟中，這次真的是我一個人了。

這是矯情文藝版的分手。小時候看《青春之歌》，林道靜曾經做過一個類似的夢，那時候覺得，哇，真是浪漫神祕到極致了！那時候幻想以後就算分手也要浪漫一把。後來長大了覺得有點不現實，不說別的，那男的跳下船算是怎麼回事呢？有點無厘頭。不過這橋段中的台詞還是淒清美好足夠傷情了，而且風格挺像冷小星，我總覺得分手時他大概會說這樣的話。

「妳先別走，聽我解釋。」冷小星追上我。

「沒事，其實沒什麼好說的了。我們在這裡決定在一起的，我們也在這裡分開。」我盯著後海的湖水，遠處酒吧嘈雜的聲音一陣一陣飄過來，讓我覺得厭煩噁心。我轉過頭，看著冷小星略帶歉意的臉龐，把要湧上來的眼淚強壓下去，盡可能平靜地告訴他：「其實我從一開始就知道終究會有這麼一天，你會厭煩我，會受不了我。當你真正了解了我是一個什麼樣的人之後，就會逃走。」

「不是，小西子，我不是不喜歡妳，只是我們無法生活在一起。既然妳從一開始就知道會有這樣的結局，為什麼還要選擇和我在一起呢？」

「你是不會明白的，永遠也不會明白。」我沒做任何解釋，頭也不回地走了。

這是堅強版的分手，是我想像中自己能做到最堅毅隱忍的舉動。和冷小星在一起後，我心裡的確一直認為我們最終是會分手的。我最初和他在一起就像是一個賭局一樣，我想要賭一把。所以我一直想，也許最後我會輸，可是輸的時候我想清楚地告訴他，也告訴命運（如果真的有命運的話），雖然我輸了，但我卻是從頭到尾對結局有著清醒的認識的。我想那樣，我就能坦然地面對現實，能夠承受得了隨之而來的種種痛苦。

當然也想過其他的版本，想得最多的就是各種絕情的方式：冷小星直接離開北京回海南，剩我一個人孤獨無依；我千方百計地挽回，卻被冷小星完全忽略，自尊心遭受重創，等等。無論是哪個版本都夠我蓬頭垢面地頹廢上半年。

然而現實卻是：

我和冷小星坐在青島的一片海灘上（沒想到分手還真是在海邊），各自背著一個大書包，坐得不算近，一句話也沒說。我聽著自己濃重的呼吸聲，腦袋裡一片空白，心想最後一刻啦，該說點什麼好呢？該表現出什麼態度呢？怎麼樣才能表現得既溫情又瀟灑呢？我感到非常緊張，就像當初決定和他在一起時那麼緊張。轉頭看看他，他倒是一副雲淡風輕的表情。

我不知冷小星是怎麼成功地找到我的藏身之處的。據他說，我走之後他先在他家附近找了我好幾天，後來又在一個週末到火車站去坐了兩天。之後輾轉從我爸的嘴裡知道我在青島，還在網路上找到了一個房子短租。於是冷小星登入了我的各種通訊軟體：QQ、微信、E-mai、豆瓣帳號……終於在我的豆瓣郵件裡發現了瓊的QQ號，然後向瓊說了他的身分，瓊給了他住址。我就是這樣被一干人等出賣了。所以你大概能想像，當冷小星突然傳訊息給我說他已經到我樓下的時候我有多麼驚訝。

「既然你想找到我，為什麼不跟我本人聯絡？」

「跟妳聯絡了妳就會告訴我嗎？再說是妳自己一聲不吭就走掉的，我幹嘛要聯絡妳？」冷小星瞥了我一眼，又轉頭看向大海。他倒是一副很有理的樣子。

「既然你不想聯絡我，又為什麼來找我？」我反問他。

「那是因為我覺得有些事我還是應該跟妳講清楚。」

得了，你看這個人，為了跟我分手，還這麼大費周章。

「我要妳選個青島最美的海邊，這個就是嗎？」

我看看前面這片海灘，水還算清，沙灘也還算乾淨，天氣晴朗，看得見海天交接的地方，濤聲陣陣，海風習習，這還不算美，還想怎樣啊？

「你不是說要找沒人的海邊嗎，這海灘算是不錯的了，還是瓊推薦的。」

「好吧，那也就忍了，看來青島的海也就這水準。妳來青島是因為這裡有海？」

「算是原因之一吧。」

冷小星頓了頓，說：「有件事我得告訴妳。」

我心想，終於來了。

然後他慢慢地說：「我——好——像——得——了——憂——鬱——症。」

「啊？」我存了滿肚子的什麼「分手快樂」、「以後你要多保重」之類的話完全沒有了用武之地。我「噗哧」一聲笑出來，說：「就你？你冷小星？你得憂鬱症了？你不要搞笑了好不好？」

「我已經一個星期沒睡覺了。」冷小星靜靜地說。

我轉到冷小星的正面看他的眼睛，真的有很多血絲，看來他沒有說謊。

「你為什麼不睡覺？」

「我睡不著。其實很睏，但翻來覆去就是睡不著。我還在夜裡喝過酒，喝了一整瓶，還是睡不著。白天也睡不著，眼睛都睜不開了，但是腦子就不睡覺。」

「你在想什麼？」

「一開始的兩天我在想，我為妳付出這麼多，但妳這個人突然就走了。要是妳從此之後再也不回來了，妳這個人消失了，那我對妳的那些付出算什麼？妳把我的生活弄得一團糟，妳走了，妳讓我怎麼收拾這個爛攤子？就想這些，睡不著。後來我發覺再這麼著想下去不行，我得睡覺，但再也睡不著了，本來的生理時鐘打亂之後怎麼也恢復不了。躺在床上，我沒有再想妳突然走的事，但身體就是放鬆不下來。到了夜裡，我覺得自己這一晚大概又睡不著了，我就想起妳以前失眠，我就想問問妳失眠到底是怎麼回事，妳後來又是怎麼睡著了，可是我到哪裡去找妳呢？於是我又氣起來，覺得妳這個人太不講道理、太神經病了。於是我就更睡不著了，如此往復。」

「哦。所以你來找我是想問我失眠的事情？」

「不是。不過妳也可以順便說說。」

看來還是來分手的。不過反正也要分手了，我就傳授點經驗給他也無妨：「失眠主要有兩個原因，一個是自身體質不行，身體無法正常睡眠；另一個原因就是人過於焦慮，始終處於一種焦慮的狀態，這會導致人不容易睡著，即使睡著了也會反覆醒，這是我的經驗之談啊。我一直生病，身體不好，氣血不足，所以特別淺眠。再加上一直擔心自己的身體，一直焦慮就更容易失眠了，所以我對睡眠環境總是要求這麼高，這你也應該知道。」

冷小星搖搖頭，露出一副不屑的神情：「妳說的這些我早就想明白了。我原來可是一碰到枕頭就睡著的人，但自從認識了妳，常常吃不好、睡不好、坐立不安、身體也差了。看，我現在都和妳一樣胖了。」冷小星捏捏自己的臉。

我差點沒氣死，心想這人到底是來幹嘛的呀。

冷小星接著說：「所以我才會睡不著。」他頓了頓又說：「不過自從我睡不著之後，我倒是體會到了憂鬱的人是一種什麼狀態。我每天懶得要死，覺得特別虛無，什麼都不想做，一心一意只想睡覺，可是又睡不著，痛苦死啦。看誰都不順眼，誰都不想理。而且感覺那些能睡著的人都不明白睡不著的感覺，就是睜著眼看著天一點點亮起來、自己一點點虛弱起來的感覺。」

「對啊，憂鬱這件事本來就是讓人感覺特別無能為力呀！以前跟你說你都不相信。」

冷小星沒有回答，沉默了好久。

「以前的確錯怪妳了。睡不著的時候我就想，妳的難受應該比我這個更嚴重。」

我看了看他，不能相信這種話竟然出自冷小星之口。

「不過我已經想出了一個對憂鬱有幫助的辦法。」冷小星對我眨了一下眼，貼近我的臉頰告訴我。我感覺他吐出的氣輕飄飄的，十分溫柔香甜。

他一下子拉我站起來，跑向海邊。我心想這人不會是打算幼稚地對著大海呼喊什麼的吧。沒想到還真的是。我看著他跑到海邊，用兩隻手做成話筒狀喊：

「喂……」我心想「喂」什麼呀，跟誰「喂」呀，海那邊又沒人。我本想酷酷地站在遠處略帶嘲笑地欣賞這一切，結果冷小星又跑回來生拉硬拖地把我拖到了海邊。

「跟我一起喊呀！」冷小星皺著眉頭說。

「你不覺得這麼做有點傻嗎？」

「真的有用。妳試試。」說完冷小星對著面前的大海喊道，「我很憂鬱呀！」他把聲音拖得很長，聲音飄蕩在海面上。

冷小星偏要我也喊，說對治療我的憂鬱有幫助。沒辦法，我也喊起來，「那個，我比他還憂鬱呀！」聲音一下子就被海給吞沒了，「喂，這個什麼作用也沒有啊。」

「妳得多喊幾句才行，別放棄呀。」接著冷小星又喊起來，「鍾西西特別自私，我討厭她！」

我也不示弱：「冷小星比我還自私！」

「她只想著自己怎麼難受，從來不想別人，總是傷害別人還不自知！」

「冷小星是世界上最自私的大混蛋，我每天都這麼難受，但他很自我，只想著自己高不高興、開不開心，一味地氣人還不理解我！」我開始明白這麼喊的效果了。

「鍾西西認為世界上所有的人都應該理解她，就因為她生了病。她覺得她生病都是因為我，我就應該承擔她生病的所有責任。可是她有什麼資格讓所有人都來理解她，她理解別人嗎？」

「你看！」我大聲喊著，「他又開始談起他自己了！我的病就是和他有關係，但他從來都不承認這一點，不承認現實！他只想過自由自在、沒有責任、沒有痛苦的生活，他根本不知道人生有多複雜，以及它痛苦的本質！」

「鍾西西就覺得每個人都得活得和她一樣愁眉苦臉、天天焦慮才行！事實上我和她在一起的這幾年難道我真的過得不焦慮嗎？我天天擔心，擔心她不讓我上班，擔心她會突然崩潰、對生活失去信心，擔心她怪我，擔心我就此和她一起沉淪下去！我有時夜裡會突然驚醒，看到她皺著眉頭、均勻地呼吸、睡得香，我才能繼續放心地睡著，如今我不是和她一樣憂鬱了嘛！」

冷小星說的這些我從來沒聽他跟我說過，在我心裡一直覺得他是一個滿不在乎神經超級大條的人，沒想到他內心裡是這麼想的。

冷小星繼續說著：「我有時感到她根本就不愛我，她不過就是害怕面對這一切，所以才賴在我身邊不走。她跟我在一起好像不是因為愛，而是在讓我還債，就因為我在深夜的湖邊吻了她，讓她生了怪病。可是我親吻自己喜歡的女生又有什麼錯呢？以前我是個心情好好的瘦子，如今我卻是一個愁腸百結的胖子；以前我每天早起都覺得陽光燦爛，現在每天睜開眼我都覺得不知道今天會發生什麼可怕的事；以前我每天都隨便玩遊戲、看漫畫，現在我經常得聽她講對各種醫學原理的懷疑；以前我想的是美好的未來，如今我總是要面對疾病、死亡這些字眼。我以前的確是不知道人生的痛苦，因為我的人生裡哪有什麼痛苦？可是我這幾年所承受的比我之前二十多年總共承受的還要多，我承受了超出負荷的痛苦。我現在終於知道人生是痛苦的，而且其中的每一天都可能是苦不堪言的！」

冷小星越說越激動，聲音越來越大，語速越來越快，聲調還越來越高。說著說著他居然哭了起來。我有點不知所措，沒想到這樣的事會在這樣的時空發生。我輕輕拍拍冷小星的肩膀，問他：「你怎麼了？」

冷小星轉過頭來大聲地抽泣，大滴大滴的眼淚垂直地從他的大眼睛裡掉落下來，我從來沒見過哪個男生的眼淚這麼大顆的。我想起平時冷小星哄我吃藥的時候我總是說苦，他就切一小塊冰糖放在我手上，讓我喝完藥就可以含在嘴裡；我想起冷小星為了能讓我多吃東西，自己按照食譜做我喜歡吃的菜，但味道總是不對；我想起冷小星帶我去泡溫泉，回家的路上誇我臉色紅潤，還說我就是當貴人的命，以後要多賺錢才能帶我泡溫泉；我想起冷小星每天晚上睡覺前和早上醒來的時候都在我的額頭上親一下，我還想起了很多很多……

是，我承認，我對冷小星要求太高了。因為我總覺得人應該是承認現實、承認自己的過失、承擔責任、親切、溫和、有著無窮無盡的能量、有智慧、聰明、博愛、專一……總之我對他人的要求近乎完美。

我大概是苛求了別人，儘管我覺得人就應該那樣，那樣才是正義的，但我沒有意識到的是，人都不可能是完美的，誰都沒有這個能力，就連我自己也不是正義的，而且大概有時候還非常不正義。

想起往日種種我很難過，其實我本該能夠想像，對於一個從小生活十分順利、對有當醫生的父母的小孩來說，認識到人世間的苦是一件多麼困難的事。大概他完全沒有這種意識，不知道該如何去理解、面對和解決。但我沒有，想起自己的痛苦我便覺得，為什麼這個世界上有人不明白痛苦為何物，為什麼人與人之間那麼不公平，有像我這樣的人從小就看到和經歷各式各樣的複雜、黑暗、痛苦，但另一些人卻可以絲毫不在意他對別人造成的影響而自顧自地活著。

但冷小星的確是個無辜的人，在某種程度上我確實一直在折磨他。我想起有時候早上我睜開眼，他也睜開眼，我頭髮亂糟糟，他頭髮亂蓬蓬，我們睡眼惺忪地看著對方。我有時候會捧起他日漸發福的圓臉，發現他依然是我喜歡的那個人，雖然他眉毛很粗顯得陰鬱腹黑，但眼神卻很清澈。如今我傷害了這個我喜歡的人，我把他變成了知道世界是很痛苦的一個人，他現在受不了，要離我而去了。

冷小星生生把一場「好心分手」搞成了虐心狗血劇的戲碼。

我們為什麼就不能像我想像中那樣唯美灑脫地分手呢？我轉身離開海邊往回走，走著走著又跑起來，我想我就這麼跑開我們也就算是分手了吧，離開彼此的生活。我不想再解釋什麼或是質問什麼了，因為我們的種種疑問無一不是糾纏在一起的，說不清楚是誰錯了。既然最後的結果是這樣，還不如就赤裸裸地直接接受結果來得自然、痛快。

我的手突然被人抓住，是冷小星追了上來。

「妳去哪裡啊？」

沒辦法，我對他說：「這幾年你承受的痛苦比之前二十多年承受的還要多，所以你不就是來和我分手的嗎？現在該說的也已經說得差不多了，我也該走了。」

「妳覺得我是來和妳分手的？」冷小星問我，顯得有些吃驚。

「難道不是嗎？你剛才不是一直在喊你有多麼討厭我，我對你有多麼差嗎？」

「是啊。」

既然是，那不就是要分手嘛。我等著冷小星的下文，誰知沒有下文了。過了半天，冷小星終於說：「有個東西我必須給妳。」說著他把手伸進他的背包，使勁地翻找。他找的東西似乎不大，所以他來來回回翻了好久，最後我看到他掏出一個塑膠袋，袋子裡好像裝著一個什麼盒子。他打開塑膠袋把裡面的盒子遞給我，我一看，是個很舊的鐵皮盒子，邊緣已經有很多地方磨損了，盒子上面是一個紅色的火車頭，上面印著黃色的英文字。

「這是我小時候最喜歡吃的一種餅乾的盒子，是迷你版的，我只吃過這一次，當時是一個親戚偶然從國外帶回來的。但因為太好吃了，就一直留著這個盒子。這裡面裝的是很珍貴的東西。」冷小星向我解說著。

我有點好奇地小心打開鐵皮盒子。我看了一眼盒子裡裝的東西，又蓋上盒子的蓋子反應了幾秒鐘——盒子裡裝的是一個戒指。我仔細想了想，覺得眼前的場景怎麼也不像是求婚的場景，雖然我在看到戒指後的第一個反應是有一絲歡喜，但隨後我就告訴自己一定要冷靜，這不可能，別會錯了意。

我再一次打開盒子，拿起那個戒指看了看。還真是一個戒指，上面沒有鑲嵌任何東西。戒指中間是斷開的，兩端上下排列，並沒有連接在一起，造型很秀氣，看起來也很新。我心裡一下子又緊張起來，雖說沒有鑲嵌鑽石，但也不是沒有可能用來求婚，說不定冷小星神奇的審美就喜歡這種神奇的造型？

我抬頭看了一眼冷小星，他正帶著一絲似有若無的笑意看著我。

我問：「這是……」冷小星在我說話的中間就點起頭來，一直點。「是……白金的嗎？」冷小星愣了一下，可能是沒想到我會問這樣一個問題。隨即我意識到，他剛才的點頭很可能是在承認這個戒指確實是表明他的某種關於永久相守的意願的。如果是那樣，那我問的問題顯得好蠢……

冷小星躊躇了好一會兒，似乎有點為難，然後他說：「不是，是銀的。」

我一下子就明白了，原來是分手禮物！

我有點生氣。這個人有必要分手的時候拿個戒指來鬧嗎？難道他不知道戒指通常是什麼意思嗎？我知道了，這個人送我這個是希望用這個東西時刻提醒我，時刻套住我的心，讓我永遠別忘記他，真是用心險惡。

我略帶敵意地對他說：「你知道嗎？分手的時候通常是不會送戒指給對方的。」說完我故意轉頭，大口地呼吸，排解心中的鬱悶和不忿之情。今天天氣晴朗，我本打算吃完早餐去青島的書店逛逛的，結果一大早不到八點就被冷小星的訊息吵醒，帶著他坐了很久的車又走了好遠，好不容易找到他要求的海灘，結果卻被他各種戲弄，到底在搞什麼啊！

「什麼啊！」我聽到冷小星的抱怨，他搶走了我手上的戒指。正當我想著這人真小氣，被人說一句就把東西搶走了的時候，冷小星以迅雷不及掩耳之勢一下子單膝跪在了地上。

這次我再也不上當了。我瞪了他一眼，說：「冷小星，你別再鬧了好不好？

我真不明白你這樣做有什麼意義。」

「我沒鬧。」冷小星的眼睛也瞪得大大的。

我問他：「你的意思是說，你現在單膝跪地是在跟我求婚？」

冷小星停了一秒鐘，笑起來，笑裡帶著一絲羞澀。虧他還能笑得出來。

之後他點點頭。

我被這個人徹底打敗了，依然沒辦法相信，我問他：「你剛才不是還說跟我在一起很痛苦嗎？不是說跟我在一起所受的苦比之前二十多年所有的苦加起來還要多嗎？現在又跟我求婚是怎麼回事啊？」

冷小星站起來，抱住了我，我躺在這個久違的懷抱裡，聽見他說：「是，我確實很痛苦。自從妳莫名其妙地來到我身邊，搬到我家來住，我便開始認識到生活是那麼痛苦，活著是那麼不容易。之前我一直想擺脫，有時不甘心就此失去以前自由的生活，直到妳這次走了之後我才深深地感覺到，正因為這些痛苦，妳帶給了我一些別人無法給我的東西。我每天生活在很多麻煩和挫敗當中，但正是因為這樣我就越加珍惜那些快樂的瞬間。跟妳在一起我被妳生硬地灌注了很多責任感在身上，我每天都得對妳負責，我覺得壓力很大，但是當這些壓力突然沒有了的時候，我卻覺得心裡空落落的。妳走了之後，我玩過遊戲、想要瘋狂地看漫畫，但做了一會兒這些事就沒有動力了，覺得沒意思了。

「我討厭妳，痛恨妳，因為妳把我弄得很奇怪，我再也不是原來的自己了，但妳卻突然一下子走了，而且我根本找不到妳。睡不著的時候我因為心裡的空虛而恨得牙癢癢。有時候我矇矇矓矓似乎要睡著的時候就想起以前跟妳一起看電視、逛超市，我突然發現我所求的也就是如此，我只是想好好地和妳在一起，哪怕要面對各式各樣的煩心事和痛苦，只要和妳在一起有那麼一些快樂的時刻，我就很開心了。可是如果沒有妳，沒有那些快樂的時刻，我突然不知道我每天這樣生活，去上班、下班、看電影、玩遊戲、看漫畫、吃東西還有什麼意義。看到妳掛在我家門後掛鉤上的外套，我就想起妳的胖臉，我就想胖臉小西子現在在幹嘛，我的心裡就一緊，怕妳在外面出什麼事，我就坐起來，在黑夜裡嘆氣。我那個時候，就明白了平時妳總是想要把我拴在妳身邊的感覺，因為我分給妳的時間和精力太少了，沒能給妳安全感。那個時候我也想像妳一樣，把妳拴在我的身邊，但我卻不知道妳在哪裡。

「和妳在一起之後，被妳脅迫地也好，我自願地也好，我接觸了好多我以前根本不會想要接觸的事。以前我常常會做夢夢到小時候，那時候天天想的都是那種小小的、淡淡的愁緒，想的是一些很自我的東西，而且我還不願意分享給別人，不想讓別人知道，因為我覺得那是我自己的祕密。但後來我跟著妳看到各式各樣的人的生活，被妳逼著去學中醫，看妳寫的小說，與妳談論文學，跟妳去教會思考信仰的問題，看心理醫生，跟公園裡運動的人討論跑步的心得……我漸漸發現人和人的生活是那麼不一樣，遠遠超出我原來的想像，人生有痛苦也有歡樂，必須要做出自己的承擔，但我一直沒有意識到這種改變，直到妳離開的這段時間我才發現自己已經完全不一樣了。

「所以我想一直和妳在一起，希望妳能答應我。我幫妳找好醫生，一定幫妳把病治好，然後請妳讓我賺錢養活妳，供妳在家吃喝玩樂寫小說，妳心情好的時候陪我看看電視、出去散散步我就很開心了，可以嗎？」

我的臉早已流滿了淚。我沒想到冷小星會說出這些話。我拚命擦掉臉上的淚水，不想讓冷小星看到我如此脆弱，沒辦法，我眼窩就是淺，心裡已經被感動得一塌糊塗了，不過我還是不想讓冷小星嘲笑我。

我故作鎮定地說：「是誰允許你站起來了？」

冷小星這才發現自己剛才過於激動站了起來，趕緊又重新跪下，說：「我爸從小就告訴我說『男兒膝下有黃金』，妳就別讓我跪那麼久了，答應我吧。」

我說：「你這麼說是因為不知道那句話的下半句是什麼。」

「是什麼呀？」

「男兒膝下有黃金，只是未到情深時。面對心愛的人跪再久也值得。」

「哦，真的嗎？」

「當然是假的了，我自己編的。」

我言歸正傳，問他：「怎麼不是鑽戒？」心想說了這麼多好聽話，結果拿個銀戒指就把我打發了也太沒誠意了。

冷小星抬頭問我：「妳不覺得這麼問顯得妳太虛榮了？」

我狠狠瞪了他一眼，他趕緊說：「算我多嘴。」

之後他低下頭小聲說：「我現在存的錢不太多，我想買個一克拉的鑽戒給妳，但存的錢還差一點點。我不想將就，所以先買個便宜的銀戒指圈住妳，等下個月我發了薪水，再帶妳去換大鑽戒。」

我又一次被冷小星如此暴發戶的思考方式所打敗……

我和冷小星坐在陽光燦爛的海灘上，心情大好。海浪一波接一波地打過來，我靠在冷小星的肩膀上，我們喝著剛剛從遠處買回來的熱奶茶，爽到不行。

他問我：「妳現在在想什麼？」

我答：「想到小時候的一篇課文。」

「什麼課文？」

「藍色的大海上，揚著白色的帆；金紅色的太陽，從海上升起來。」

「聽起來好像很幼稚，是在幼稚園裡學的課文吧。」說完他嘿嘿笑起來。

我說：「我覺得自己很奇怪。我很喜歡上學時候的那些語文課本，一直都保留著，尤其喜歡幼稚園和小學時候的課文，每次看那些課文，我都覺得非常非常美好。你說我這種喜好奇怪不奇怪啊？」

「嗯，也許是因為我們家小西子心裡就是一個長不大的小孩。」冷小星捧起我的臉，用手指按按我的鼻頭。

「有可能是。」我點頭表示贊同。

之後我們沉默了一下子，靜靜聽著海浪帶來的濤聲。

「你知道嗎？」我在靜默中對冷小星說，「我小時候看過一篇散文叫〈我與地壇〉。」

「哦。」冷小星轉過頭聽我繼續訴說。

「那篇散文講的是一個很喜歡寫作的人，他的雙腿殘疾了不能走，每天只能在輪椅上生活。他非常絕望、煩躁不安，所以經常到離他家很近的地壇公園去散心。他在公園中想各種問題，遇到各種人，也偷偷看他媽媽來找他。後來他媽媽去世了，他非常想念她，於是就把這些故事寫成了這篇散文。這個作家的名字叫史鐵生。」說完這些，我停下來看著冷小星。

他問我：「後來呢？」

「後來呀，」我說，「後來我覺得我很像這個故事裡的主人公，和他有著相似的經歷。」

「相似的經歷？」

「是啊。你看我們都失去了媽媽，身體上都有某種程度的殘缺，他是腿不能動，我是肚子天天不舒服，都對人生的意義感到迷茫和困惑。小時候我看這篇散文看到的是母愛，其他的內容隨著時間流逝記不清楚了。最近我又想起這篇文章來了，我十分想知道史鐵生那一年在公園裡對於生命的追問究竟得出了什麼結果。」

「於是妳就把這篇文章又找來看了？」

我點點頭。

「結果是什麼？」

「作者說一個人出生了就是一個事實，而且在承認這個事實的時候也就順便保證了它的結果，而且人人的結果都一樣，那就是死。所以『死是一個必然會降臨的節日』，根本不必過多地去想。既然還不想死，那想的就應該是怎麼去活，想的就應該是選擇一種什麼樣的生活了。作者就選擇了寫作，他說因為他活著所以他得寫作。他就拿著紙和筆到地壇的樹蔭下面去寫，每天都去，日復一日，年復一年。」

「聽起來是個很有哲理的故事。那妳有什麼感悟？」

「我覺得人是很渺小的。小時候我總覺得人是很大的，我總覺得自己是一個多麼獨特的人，現在我卻覺得我是一個很小很小的人。然後我覺得每個人都是不同的，有的人健康、聰明、一帆風順，有的人從小多病，有的人殘疾，有的人窮困，有的人遇到嚴厲的父母……人人都不同，但每個人都得找到適合自己情況的、能讓自己活下去的方式。每個人選擇的生活方式也都是不同的，但只要讓自己能還算幸福地活著，我就覺得已經是成功而偉大的了。」

「我覺得妳好像想通了很多道理。」冷小星笑瞇瞇地看著我。

「還有最後一個感受，就是我沒想到這麼多年前看到的一篇文章還能讓我這麼感動，教會我這麼多道理，而且是真的對我有幫助的。」

「對啊，文學就是一種很神奇的東西，我一直都是這麼覺得，因為文字可以流傳，即使是幾百年之後的人仍然可以從中看到很多東西。」

「呀，沒想到你這麼有文化！那如果我當一個作者，把我的這些經歷寫下來給別人看你覺得怎麼樣？」

「啊呀，那很好呀。」冷小星握住我的手，上下搖晃。

「因為我覺得這個世界上一定還有和我一樣的人，在某個時候遭遇人生的低谷，不知道怎麼辦才好，也許很絕望。如果我的故事能夠鼓舞他們，讓他們從中獲得溫暖就好了。」

「對啊，而且妳經驗這麼豐富，試的方法那麼多，讀者會從那些方法中找到解決問題的途徑也說不定呢。那妳一定要好好寫啊。」

我重新靠在冷小星的肩膀上，對自己找到生活的目標和意義而欣喜，也對自己愛的人們都能理解我而滿足。我們又沉默了，海灘是那麼美，我和冷小星已經好久沒有如此平靜和快樂地這麼待著了。

許久，我問他：「你現在在想什麼？」

他說：「我想回海南。」

我問：「為什麼？」

他說：「那裡的天比這裡更藍，海灘比這裡更美，我想帶妳去拍婚紗照。」

「那裡還有什麼？」

「還有清補涼、海南粉、文昌雞、咖哩魚蛋和各式各樣的小吃。那裡還是我的故鄉，我想帶妳回我從小長大的地方去看看。」

「好多好吃的呀！」

「……妳敢說妳不是一個吃貨嗎！」

我和冷小星嬉笑地站起身，離開海灘。

附錄：減壓的十個方法

寫完《男友說我得了憂鬱症》這部作品已經有一段時間了，這次出版，編輯肖小姐建議我和大家分享一下我日常減壓的一些小方法和小建議。肖小姐說，其實很多人都有憂鬱和情緒緊張的時候，在生活中碰到一些變化的時候會不適應，然後就會焦慮，想很多，比如工作遇到瓶頸的時候呀、剛結婚的時候呀、寶寶剛出生的時候呀，對於年長的人來說還有孩子第一次離家的時候、退休閒下來的時候，這些時刻對於我們來說都是不熟悉的，有那麼多迷惘，那麼多困惑，甚至會有悲傷、憤怒等。我希望自己的這些小方法能在這些艱難的時刻給你一點支持、一點緩解，哪怕只是一點點。

瑜伽

- 適用情況：失眠、身體亞健康。
- 需要準備：一張瑜伽墊、一台電視或電腦、一段瑜伽影片。

我一直比較喜歡瑜伽這種運動，因為它不劇烈，相對其他運動來說它沒那麼痛苦。最近我發現瑜伽這種運動對於治療失眠真的是很有幫助。我有一段時間睡得很不好，有一點聲音就醒。特別是上班的時候，我是那種一想到睡眠時間低於八小時就會焦慮的人，所以一旦超過晚上十一點還沒睡，我就會開始擔心，然後就真的睡不著了。雖然我這種想法聽起來很奇怪，但後來我發現身邊因為有這種想法而神經衰弱的人還真不在少數。

不過瑜伽是解決這個問題很好的方式。我推薦大家睡覺前一個小時做些瑜伽，網路上有專門練瑜伽的影片，入門級的就可以，一般找四十到五十分鐘左右的影片。動作都不會太難，重點是講解得比較詳細，而且會配合呼吸。呼吸是很重要的，緩慢的呼吸可以讓身體內的氧氣水準提升，安穩身體的整體機能節奏。

一般做完十幾個動作，最後會有一個冥想放鬆，不要跳過這一段直接結束，這一段也要很仔細地做完，你會發現你有一點點疲勞想休息的感覺。然後就可以喝幾口水上床、讀兩行書就睡了。這種晚上我一般都睡得很安穩，一覺到天亮。而且，如果你選擇的影片是著重練習腰和腿的，長期練習還能有些塑身的效果哦。

歡樂的美劇

- 適用情況：很不開心和很憤怒的時候、悲傷得不知道怎麼辦的時候。
- 需要準備：一台能上網的電腦。

這種情況是很多的吧：跟男朋友或老公吵架的時候，心想怎麼會有這種人，生氣地想要砸東西；再不然就是受了委屈覺得世界真是不公平，而且不知道怎麼解決眼前的問題，簡直是走投無路。這種時候我就會倒點可樂、來點小吃，在電腦前看情境喜劇，有時候一連看幾個小時，然後心情就好起來了。我覺得美劇就是有這種功能，它會讓你把生活中的一切都樂觀化。

我推薦幾個經典的情境劇：《六人行》（Friends）、《威爾與格蕾絲》（Will & Grace）、《欲望城市》（Sex and the City）、《宅男行不行》（The Big Bang Theory）、《破產姐妹花》（2 Broke Girls）、《屌絲女士》（Knallerfrauen，德劇）、《極品老媽》（Mom）、《新世紀福爾摩斯》（Sherlock，英劇，絕對可以把它當喜劇來看）等。如果你不喜歡這種喜劇類型，那麼超級英雄劇也是不錯的選擇，適當追一兩部漫威的劇，如《神盾局特工》（Agents of S.H.I.E.L.D.）、《閃電俠》（The Flash）之類的，也能讓你換個思維、忘掉煩惱。

換個環境一個人獨處

- 適用情況：長期疲憊、處理的事務或人際關係過於複雜時。
- 需要準備：一定的時間和一定數量的錢。

如果你的工作和生活是那種壓力很大，會有很多人際關係的種類，常常忙得焦頭爛額或是苦於人際關係複雜的話，那麼每過一段時間，你可能就需要用這種方法來讓自己放鬆一下。一個人獨處你可以選擇做自己喜歡的事，看看書、聽聽音樂、練練字，四處逛逛都可以。一個人旅行是最好的，真的可以讓自己徹底安靜和放鬆下來，如果你不喜歡或者是沒時間進行長途旅行，那麼一個人去泡泡溫泉、逛逛街，甚至只是去咖啡館坐著看書都是好的。

替自己設定一個理想

- 適用情況：總是消極、空虛，總是感到無聊。
- 需要準備：思考就行。

如果你是那種覺得人生非常空虛無聊，有時會不知道生活的意義的人，那你非常需要做這件事。其實就是想想自己想成為一個什麼樣的人，這輩子想做一件（或幾件）什麼樣的事。比如我，我原來也是一個沒有理想的人，我常跟別人說我沒什麼野心，覺得所謂一定要成功一定要怎樣都是極其無聊和無意義的事。這和我大學時接觸過的一些解構主義的理論對我的影響有關。但後來我覺得再這樣虛無下去本身也不是件好事，便開始思考有沒有自己想做的事。後來我覺得寫作仍然是一件美好的事，是我想做的事，於是我的理想就變成了：成為像我喜歡的村上春樹那樣，既叫好又叫座的國際水準的作家。這個理想足夠大，它使我有足夠多的事可以做，不會再感到那麼無聊空虛。

早點睡覺

- 適用情況：日常減壓，讓自己長期保持好心情。
- 需要準備：早點上床。

早點睡覺基本上算是一個日常級的紓壓方法，長期做的話能讓自己穩定地保持心情愉悅和身體的健康。因為我們的身體從晚上十一點開始排毒，堅持在十一點前入睡的話，肝和膽會在正常的時間將毒素排出去，從而保持我們的身體健康。值得說明的是，肝和膽的健康情況對心情的好壞影響頗大，所以如果你發現堅持一個星期早睡，會讓你早上越來越振奮和心情愉悅，那麼就繼續堅持下去。

維持自己的社交

- 適用情況：適用於一些經常關注自己身邊某一個特定的人而感到煩惱的人。
- 需要準備：經常與自己的朋友保持聯絡。

小時候我是個特別敏感的人，國中畢業時我因為最好的朋友沒有和自己上同一所高中而傷心，整整一個暑假都很悲傷，食不知味，常常默默流淚。後來我就得了輕微的厭食症，一聞到做飯的油味就噁心，日常的飯菜根本吃不下，只能吃特別清淡的東西。去醫院看病時，醫生說我得了表淺性胃炎。那時候我媽媽非常擔心我，有一晚她就和我說我不應該把所有的精力和感情都過多地傾注在一個人身上，她說：「那樣妳會很容易受傷。」這是為數不多媽媽教給我的生活道理，所以我一直記得。因此，有自己的社交是很重要的，它會讓你在對某些人失望的時候幫你找到情感的平衡和自信，而且擁有一些朋友也讓你能夠從不同的朋友身上學習到更多的東西。

養一隻小動物

- 適用情況：常常悲觀、總覺得自己缺愛的人。
- 需要準備：有時間有精力而且不怕動物。

養一隻小動物對於消除憂鬱的情緒來說，效果真的很顯著。因為第一，養小動物會耗費你的時間、精力，讓你沒有那麼多時間想那些煩心的事。第二，小動物是通人性的，經常會做出讓你感動的事，會讓你開心。第三，可愛的小動物讓你感覺在看到牠的那一刻，壞心情就一掃而空了。不過做這件事需要一定的金錢，需要你花費比較多的時間、精力，算是投入比較多的一個方法，但是我覺得效果真的很好。如果怕耽誤太多時間，可以考慮養貓咪這種比較獨立的小動物。

有時間的話適度參與一些公益活動

- 適用情況：總是沉溺於自己的不良情緒無法自拔。
- 需要準備：愛心和時間。

做公益活動這件事不需要你經常去做，偶爾去做一、兩次，比如一個月一到兩次就很管用。在心理學中，有一種讓人獲得幸福感的方法是幫助他人。因為在你幫助他人的時候你會發現，這個世界上每一個人都有自己需要面對和解決的問題和困難，不是只有你一個是那麼可憐，那麼無力。當你再一次面對問題需要解決的時候，你就會多一分信心。另外就是，幫助他人可以使你獲得成就感、幫助你建立更多的社交關係，這些都是有利於心理健康發展的重要因素。

去明亮的地方做輕鬆的事

- 適用情況：非常悲傷時的緊急方法。
- 需要準備：出門的勇氣。

這個方法基本上算是一個最簡單的急救方法，適用於非常傷心又無法獨處的時刻。很多人失戀之後會有很長一段時間走不出來，但又不可能總是找朋友出來聊天；或者是有的人在工作中遇到一個很討厭的上司，讓自己的職場生活看起來黯淡無光；或者是親人去世，或者自己的身體出現比較嚴重的問題。這些都是會對我們的情緒產生很大影響的事件。當你因為這些事而煩躁不安，無法保持正確的心態時，我建議多去明亮的地方，比如大廈、商場、天氣好時的公園。你就在裡面坐坐、逛逛、走走，都會對你的心情有所緩解，千萬別一個人待在家裡哭。

要保有正確的信念

- 適用情況：適用於各種心理問題。
- 需要準備：《男友說我得了憂鬱症》。

保有正確的信念應該是最重要的一個方法，也是所有其他方法的基礎。我在這裡分享幾個對我來說收穫很大的信念：有勇氣拒絕別人，而且別對自己太苛刻。如果你是那種從小被家人嚴格要求的孩子，記住這點特別重要，它能讓你活得輕鬆起來，你要記住人永遠無法百分之百對他人負責。然後是：不用著急，慢慢來，一切都來得及。要堅信只要持續努力，最終一定會獲得成功和肯定，只是時間的問題，所以無須著急。最後是：成不成功，不是別人說了算，問問你的內心，你覺得自己是否做了正確的事。這會讓你不忘初心。

當然，如果你覺得這些道理太抽象，不好理解和實踐，那不妨仔細閱讀這本書中的故事，如果你深深去體會其中的苦與甜，相信你很快就會理解這些生活理念。祝大家都在生活中擁有最美好的！祝快樂！

後記

先說兩件我經歷過的事：

畢業前我在一家出版社實習，每個月都有「評書會」，由行銷部門向大家介紹最近出版社已經出版和即將出版的重點書。有一次我印象非常深刻，行銷部的主管在分析了上一個月圖書市場的綜合排名之後，說：「實際上你看現在不同種類的暢銷書，不管它是經管類的、心理自助類的、文學類的、時尚類的、人物傳記類的，它其實都在講同一件事，那就是『成功學』。人怎麼樣才能成功，獲得心理和物質上的滿足，能幸福。所有的暢銷書都是在從不同的角度介紹不同的『成功方法』，因為人人都喜歡看『成功學』。」我當時覺得他說得很對，一下子就概括了所有暢銷書的暢銷原因。

第二件事是最近發生的：我爺爺八十歲了，最近略微有點情緒不佳。他的腰和腿腳經常不舒服，不太能出去多走走，而我奶奶經常忙於家事，疏於和爺爺溝通交流，爺爺只能每天看電視，感覺他有點消極。後來我想應該多抽一些時間陪他們去公園走走，但是因為爺爺、奶奶腿都不是特別方便，所以我想找那種有電瓶車的公園，這樣他們走累了可以坐車逛公園，省得總是推輪椅去，他們都不愛坐。可惜的是，我上網查了很久，發現北京只有奧林匹克森林公園和朝陽公園有這種電瓶車，兩個公園離爺爺家都不算近，很難常去。我也想過帶爺爺、奶奶去看電影，可惜的是，放眼望去根本沒有適合他們看的內容，只好作罷。我的爺爺曾經是個外交官，本來是個談笑自得的人，但我現在卻能深深地感覺到他的孤獨。但是在這個城市裡，我找不到能令他開心的地方；在當今的文化裡，我找不到能令他暢快的戲碼；在這個社會裡，我也找不到對這些孤獨人群的關注。

說了這麼多，其實是想說：這麼多人關注成功、這麼多人想成功，也許有些人千方百計地要去成功，那麼那些不成功的人怎麼辦呢？我當然不是說成功不好，人有理想，去奮鬥、努力當然是好的，但在這個世界上還有那麼一些正在沉默的痛苦中的人，他們甚至連想想成功這件事的資格都沒有，因為他們連生活下去都很難。

我說的這種痛苦並不僅僅指的是貧窮、殘疾這些顯而易見的、人人都能想到的困境，還有莫名其妙的病痛、年華老去所帶來的各方面的退化、難以癒合的心理創傷，以及心理疾病等各種或多或少、難以言說、不被理解和認可的絕望。每一個人在自己一生中的某一個時刻，都很可能會遭遇到這種情況，有些人遇見得早，有些人晚。有些人很幸運，能從困難中走出來，有些人則陷入泥沼久久無法擺脫。

我想為這些「沉默的大多數」發聲，所以寫了這個小故事。

我的故事不一定算典型，相比於其他人的經歷來說，這個故事也許只能算是一個「青春的傷痕」，但我想藉由這個故事分享出去的是：我們在艱難的生活中雖然有絕望的時刻，有不被理解和孤獨的時刻，但我們仍得活下去、不能放棄。另外這個故事還涉及每個人在成長過程中必然會遇到的一些問題，以及我在經歷各種艱難中想通和解決其中一些問題的經驗。

在寫這篇後記的時候，我回想起我決定寫這本書的情景。那是去年快要到冬天的時候，我畢業不久，剛剛被一家所謂的「創業公司」以非常莫名的理由（就因為我向公司老闆建議，不要讓員工在剛裝修完不久、甲醛還超標的辦公室工作）辭退，隨即成了待業青年。在找下一份工作的期間，我發現豆瓣閱讀新開了連載專區，就在想我能不能把自己的作品放上來。那時我身體不舒服已經持續兩年多了，情緒常常遊走於崩潰的邊緣。我感到鬱悶，壓力不可紓解，與男友的關係也十分緊張。我甚至不願意出門，不願意和其他人交流，自己的痛苦連對家人也不想說。那時我還願意書寫的唯一動力是那麼多年自己沒有中斷創作的習慣，以及我相信這個世界上還有與我一樣，需要被關愛、被理解、被啟迪的人。這個寫作本身對我也是一種自我救贖，因為透過重述故事，我自然而然地想通了很多道理。

我感到幸運的是，最後我完成了這本書，儘管中間有很多次我因為各式各樣的原因想要放棄，但我畢竟堅持了下去，對此我非常感恩。

因為這篇連載，很多情緒不佳和身體不適的讀者透過各種方式向我諮商，在幫助他們及分享自己經歷的過程中，也讓我深深感到自己是何其幸運，雖然遇到生活中的困境，但身邊的人一直在鼓勵我，沒有放棄我，這使我遇到的問題也一步一步地得到解決。

如果說現在還有什麼想跟讀者們分享的，那就是我覺得：人都不是完美的，所以不需要苛求他人，更不需要苛求自己。與其抱怨人和事，不如自己修養身心，隨心所欲不逾矩，好好生活下去。

還有就是：有時候膽大比畏畏縮縮好。

最後我要感謝豆瓣連載給了我這個平台，以及在連載的過程中，編輯們為這個連載所做的一些工作。我要感謝有超過一萬名讀者一直以來對我的作品的支持和關注，因為有你們，我才能不斷地向前，不斷地寫，重拾寫作的美好。我還要感謝我的家人和男友對我寫作事業的支持，讓我沒有後顧之憂。最後我要謝謝我的母校母系（就不直接說全名了，怪不好意思的）P大中文系在八年的時光裡將文學深深刻入我的人生軌跡之中，使我以後無論甘苦，至少有它相伴。

（原文寫於二〇一六年）

高寶書版集團
gobooks.com.tw

NW 276
男友說我得了憂鬱症
作　　者　學中文的許小姐
責任編輯　林子鈺
封面設計　Z設計
內頁排版　賴姵均
企　　劃　鍾惠鈞

發 行 人　朱凱蕾
出　　版　英屬維京群島商高寶國際有限公司台灣分公司
　　　　　Global Group Holdings, Ltd.
地　　址　台北市內湖區洲子街88號3樓
網　　址　gobooks.com.tw
電　　話　(02) 27992788
電　　郵　readers@gobooks.com.tw（讀者服務部）
傳　　真　出版部(02) 27990909　行銷部 (02) 27993088
郵政劃撥　19394552
戶　　名　英屬維京群島商高寶國際有限公司台灣分公司
發　　行　英屬維京群島商高寶國際有限公司台灣分公司
初　　版　2023年10月

國家圖書館出版品預行編目(CIP)資料

男友說我得了憂鬱症/學中文的許小姐著. -- 初版. --
臺北市：英屬維京群島商高寶國際有限公司臺灣分公司, 2023.10
　面；　公分. --

ISBN 978-986-506-837-0(平裝)

857.7　　112015736